向日葵通り

田中美佐雄歌集

皓星社

向日葵通り

序

いつもベレー帽をお頭《つむ》に乗せて、静かに座しておられる田中氏は、今年九十四歳になられます。平成元年にも歌集を世に出されており、今年二冊目を編纂されることになりました。

滾々と沸き出る創作力が、いかにも穏やかな御老人のどこから出てくるのか、不思議に思われます。重度の障害を持つ身で作歌に励まれた、楽泉園の療養歌人です。

これまで私は、田中氏が大声で自己主張をなさる様子を見たことがありません。しかし、一歩作品の世界に入ると、そこには冷静に自分を見据えるもう一人の自分の眼があり、なるほど氏はこの客観視を表現することで、自己主張をしておられるのかと思い当たります。

自分を離れて周囲に溶け込み、その一体となったものをもう一つの眼で見つめた時、意表を突いた作品となって、読者の心を揺さぶります。それ故に、作品の多くは、自己が主人公であるにも拘わらず、全面に押し出された自我が感じられません。厳しい自己批判や、自己への耽溺でもなく、そこには、透徹した目だけが捉える世界があり、これらの全てに降り注がれた「愛」があります。それは読者にとって、快い驚きです。

氏の作品の醍醐味の一つは、あちこちにちりばめられたユーモアでしょう。それは、そよ風のように快く、作品に湛えられた静かな愛が、読む者の心に伝わります。

骨取りしわが右の指おろかにも外に頭を向けて癒えゆく
見えぬ目のわれも福引き引きたれば意外や意外懐中電灯

また自然を詠った作品の幾つかは、広大な視界の広がりを楽しませてくれます。視力を失って数十年を経た作者の心には、どのような世界が広がっているのでしょうか。通常の視力を持つものには見えないその美しさと広さを、我々は氏の作品を通じて夢想します。

ふるさとの田の畦に咲く草ボケの野生の花の色の鮮やか
夏来れば庭に咲きたる金魚草矢車草に立ち葵あり

友人を題材にしたものが多いのも、特徴の一つでありましょう。そしてこれらの作品が、氏の人格を雄弁に語っています。限られた空間で生涯の大部分を過ごしてこられた氏は、独自の人間観を築かれたもののようです。我々はその作品を通して、氏の高潔な人生観を垣間見ることができます。

久々に会いたる友と傷の足高々にあげて挨拶交わす
同郷の盲い三人顔は知らねど湯槽のなかで心通わす
食堂に顔が揃いて新しき年を迎える心清しき

同郷の友と語り合う故郷《ふるさと》は、記憶に残る父母の家、故郷の味、そして家族への愛しい想い出に繋がっていきます。しかし作品の前面にあるのは、痛みよりも故郷をともに語らう喜びです。

家族らに会うこと難く同郷の友との交わり深めゆかんとす
親しさに故郷の家を語り合えば意外に近し友の実家も

そしてこの、穏やかな明るさを支え続けてきたものは、今も氏を深いところで抱擁する、母の愛なのでしょうか。

何事も気落ちしないで暮らせよと母の遺しし言葉に生きている
亡き母の忌日近づくわが庭に白く小さく雪柳咲く

作品に漂う抑えた愛、静かな愛は、しかしその根底に熱く息づく過ぎ去った人生への想いが、自己鍛練の結実として現れたものかと思われます。

伊勢湾の富田浜に行き泳ぎたる我十七歳の夏の日を思う

田中氏の故郷と比較的近いところに故郷を持つ私は、この歌に万感胸に迫るものを覚えるのです。

氏の作品は、その大部分が日々の生活から題材を得ています。確かにそれは、我々の概念から見れば、狭い世界かも知れません。しかし広さ狭さの尺度は、視点を変えれば、甚だ覚束ないものであることが判ります。

約六十兆個の細胞から成るといわれる人間の体も、人知れず野に咲く一輪の花も、またたった一個の細胞が独立した生命体を作る細菌類ですら、その複雑精緻な生命機構には、未だ人知の及ばない広大な世界が広がっています。生命の神秘は、全ての生物に一様であるごとく、我々には単調と思われる日常生活の中にも、深遠な世界が広がることを、氏の作品が気付かせてくれるのです。まさしく心眼ならばこそ、身辺に広がる宇宙が見えるのでしょう。

一方未熟な私には、しかとは想像できない世界も示されていることを付け加えておきたいと思います。長い人生を尋常ではない条件下で過ごされた氏が、心の深淵の一部を吐露されたものではないでしょうか。

家を継ぐ定めにありし我なれど療養一代山に果てるか
家を継ぐ定めにありし我にして若水くみし若き日思う

我々にはない目で田中氏が見る世界は、愛とユーモアに彩られた、静かな思考の世界と言うべきでしょうか。年月を経て尽きることの無い創作力に支えられ、新たな作品が生み出されつづけることを願っています。

平成十四年九月

国立療養所栗生楽泉園副園長　並里まさ子

昭和六十三年

大みそか

一年の終の日なれば老い我の心正して晦日蕎麦を食う

紅白の歌合戦も始まりてラジオに切替え床に入りて聴く

幼き日の岡本太郎の話を聞き歌人かの子の生活思えり

車椅子で医局に行けば久々に思わぬ人に出会うことあり

盲人会よりゴム長靴を戴きぬ二十七センチの靴わが足に合う

家を継ぐ定めにてありし若き日思う若水汲みし正月を思う

神棚にお神酒供えて家族らの息災祈りき発病前のこと

鳩麦茶

お茶代りに鳩麦を飲み健康に気遣う療友多しと聞けり

鳩麦を煎じて飲めば手に出来し疵も癒えしと体験者の声

この年のインフルエンザ予防注射病弱われは打つこと叶わず

右足のくるぶしの疵癒え難く園長診察受けんと思うも

快方に向うと思いし踝の疵は再び熱を持ちくる

踝に疵ある足を庇いつつ手摺に縋り食堂に行く

白根山の麓に病み住む盲われらも小鳥と緑の栄えを願う

不自由舎

新棟に移り住まいて四年近し表札のしみを拭
きくるる職員

赤き紙我が表札に貼りてあり重度障害者のし
るしとして

患者らの障害度示すと表札に赤青黄の紙貼り
てあり

食搬車の通る道路の雪を掻く職員早出の除雪
車の音

長病みの我の両足傷重く日曜も医局に傷治療
に行く

傷熱に動悸覚えて体温を計り貰いぬ夜明けを
待ちて

体温を計る時間のかからない電子体温計初め
て使用す

車椅子押してくださる職員に礼を述べて今日
の傷治療終る

春の兆し

ラジオのダイヤル回す麻痺の手に口の力もて
補いとする

暖かき春の兆しとぞ治療待つ友はうとうとと
肩を寄せ来る

治療室にいつもの顔が出揃いて傷治療開始の
時計鳴り出づ

傷治療終えて帰りて吾が部屋に安らぎ居れば
昼餉間近し

訪ね来し療友の声に張りがある今日は体調よ
き日と思う

闘病の日々の暮らしに故里の便りは老の励ま
しになる

神経痛の痛みを止める薬なき打ちし注射もま
たまた痛し

音声表示機

吾が寮の入口に立てり盲人に舎名教うる音声
表示機

この辺り理髪室と思い探り行けば音声表示機
が教えくれたり

不自由舎の音声表示機十一機要所要所に取付
けてあり

一目でも見たしと思う不自由舎鉄筋新棟の全
景をうつつに

見えぬ目に耳は大事と思えども病み老いし身
の如何にせんかも

かくて我れ耳も聞こえず声も出ずプロミン注
射に救われしかとぞ

六合村の尻焼温泉川原に湧き出でて傷に特効
ありという

土産

先生より毎度戴く手土産の月餅は我の大好物なり

長野の妹より送り来しと言う共に戴く野沢饅頭

障害者の機能回復訓練に造花も作る手芸教室ありという

盲われ夜半に目覚めて方角をまず確かめてトイレに起き出づ

真夜中にトイレより帰り何時かと押せば答える音声時計

探りつつ朝の身支度する我に日雀鳴き出す五葉松に来て

長病み

貧血に倒れしことも過去にあり医師の勧むる
注射に通う

長病みの吾がやせ腕に注射うくるに血管細く
また逃げ易し

貧血に注射十本射ち終えて再び受けんとす園
長診察

車椅子で医局に向かう我を見て友は気遣いて
声かけくるる

車椅子のままで注射を打つ我に付添い下さる
看護助手の君

貧血の我に注射打つ看護婦さん私の仲間は金
欠病と言う

療友と話するにも二度三度聞き直すこの頃の
心重しも

耳の日のラジオ身に染みて聴かんとす老いて
自覚症状強まる我

蠅取り草

軒下に向日葵咲かせ楽しみし療友いく人かすでに亡くひさし

庭先に黄菊白菊植えくれし晴眼の君も今は世になし

紅く咲く蠅取り草に蝶の舞いし下地区の療舎思い出で居り

祭の頃紅く咲きたる蠅取り草を語り合いたる
武内慎之助思う

故郷の家の文庫に入れありし矢立に巻紙懐し
きかな

吾が祖父は天保生れ幼我に凧上げくれし記憶
かすかなり

学校の帰りの橋に我ら見し名古屋城の壁白く
大きく

平成元年

麻痺の手

長病みにひろがる麻痺に口許の力も失せて飯を食みこぼす

障害者の大きなフォーク手のひらに挟みもらいて我も使用せり

包帯の手にも利用出来るという障害者フォークにて食事摂る

ステレオのボタン小さく麻痺の手に押すこと叶わず皮を貼りてもらう

ステレオの操作のボタン小さくて口もて探り舌先で押す

アララギの短歌のテープ回り来てダブルカセットに再録をして聴く

カセットの録音ボタン再生ボタンに皮貼りもらいてまさぐりて押す

足

長病みに麻痺の手足も衰えて皮膚の張り弱く傷出来やすし

我が足の中指いたく変形し傷熱もちやすし靴に擦れつつ

右足の中指の傷深くなり園長診察勧められたり

我が膝をポンと叩いて傷の指の骨を取るという園長先生の声

我が足の薬指の骨四年前に取りて中指に負担かかりしか

足の指の骨取りし跡の保護をする大きシイネを着けてもらいたり

骨取りし我が足の甲いたく腫れて午前も午後も湿布に通う

糸を抜きシイネも取れて軽くなりしわが足をナース喜びくるる

燻製のレバー

時長く造血注射打ちもらい目眩も動悸も治り
きたりぬ

貧血の注射の後に先生はカルテを見て肝機能
検査をすると言給う

豚レバーの燻製町で発売すと知らせくださる
看護助手の君

貧血に効果があると教えられレバーの燻製購
いもらいぬ

朝々のお茶受けにも良き豚レバーの燻製薄く
切りもらい食う

敷かれある布団を少し押したれば老いの我が
腰に痛み走りたり

腰の痛みが我が肋骨に移り来て咳するたびに
痛み覚ゆる

肋骨の痛みを止めるザブ注射十本射ちたれば
痛みとれたり

五十年目

入園して五十年経たり故里の土踏む事も盲い我になく

三十歳で入園せしより五十年八十回目の誕生日迎う

療園の県人会員八十人を数えしに今は三十人を割る

心親しき療友大方みまかりて心細きかな長生
きの身の

不自由舎に移り住いて二十三年歌を学びて幸
福なりき

山の寒さに腹痛を覚え午後からの往診頼む衰
老我は

アリナミンもゲンノショウコも混り居るとぞ
腹痛薬の黄色い錠剤

鳥の声

食堂の前に植えあるアララギの赤き実をはむ
小鳥らの声

山国に雉子と尾長の増えたるを聞けば盲いの
我らも嬉し

朝起きて庭木に小鳥の声聞けば寒さ忘れてサ
ッシ開けたり

栗生神社裏手の盲人遊歩道に行きて聞きたし
百舌の高鳴き

山国の鳥と緑を守らんとぞ標語看板道の辺に
立つ

大垣市の看護学生わが名古屋の地下鉄の発展
を語りくれたり

看護学生

里帰りの旅に参加して名古屋城に上りし友の
話聞きたり

里帰りの友に葛餅戴きて思い出づわが町の古
き菓子の店

盲い我らと語り合うべく吾が部屋に二人来り
し看護学生

新潟の出身という見学の看護学生孫娘の如しも

不自由舎の外科治療室は吾が寮に近ければ友と誘いて行く

治療室に備えられあるカセットにテープかけもらい歌を聞き居り

血液の循環悪き我が足は霜焼けの如き症状現わす

血液の循環よくなると手に足に油塗りくださる不自由舎婦長さん

浴場

この朝も十三人が車椅子で医局に行きしとぞ
職員に聞く

老我の医局に乗り行く車椅子も古くなりきて
時折軋む

車椅子を押してくださる職員に吾が体重の軽
重を聞けり

重病患者の入室なるか寝台車中央廊下を進み行くに逢う

午前中に傷治療せし両足を湯船より上げて湯に浸り居り

同郷の盲い三人顔は知らねど湯槽のなかで心通わす

不自由舎の楓浴場に手回しのタオル絞り器備えられたり

音の出る体重計も浴場にありて湯上がりの我らも計る

桜前線

療舎一体鉄筋になりて巣作りの雀の声も巣箱に移る

鉄筋に締出し食いし雀らも巣箱に慣れて子育てをする

八戸の出身と言う看護婦に海猫の話聞く傷治療受けつつ

桜前線のニュース聴き居れば我ら住む草津の開花五月三日なり

咲き初めし桜の花をつつき落し蜜吸う小鳥の春の生き様よ

会館の庭の桜に雪洞《ぼんぼり》を灯せしことも患者多かりし頃

引越しの友に貰いし芝桜庭に増え来て紅く咲き出づ

耳鼻科

鉄筋の新舎に住みて四年目に庭の石楠花蕾もちたり

引越の記念に友が植えくれし石楠花初めて庭に咲き出づ

傷治療にいつも二人で誘い合えば弥次喜多道中と言う人もあり

リハビリに心弾むよ見えぬ目の勘働かす輪投げもありて

新生園より耳鼻科女医さん来園し耳の治療我も受けたり

耳鼻科室に小さき部屋あり老い我の難聴テスト初めて受けぬ

検便を二回済ませて医局より通知なければ心安らぐ

昇藤

亡き父母に代りて故郷の品々を弟の嫁が送りくれたり

懐かしき故郷よりの宅急便老いの両手にしばし抱え居つ

幼き日に買いてねぶりし金太郎飴も出で来て嬉し今日の小包便

黄粉飴も栄太郎飴も入れてあり弟の嫁の心尽しぞ

隣室の友に戴きし韓国の餅は粳でお茶うけによし

蒸《ふか》したる韓国餅は柔らかく老いの喉にもとどこおりなし

逆さ藤と言う人もあり昇藤の赤く咲く花白く咲く花

職員に株分けもしたる昇藤我が庭隅に今盛りなり

食慾

電気屋の暑中見舞に貰いたる団扇を使う今日の残暑に

向日葵の種を割り中の実を食べる山の小鳥の強きくちばしよ

向日葵の造花を胸に民謡を唄う少女の声はすがしも

食欲のなき日もありと老我の今朝の味噌汁心
掛けすする

水曜日の昼餉に出でしパン食のカレーチャウ
ダー我も頂く

老人の骨の栄養によしと言われ牛乳とチーズ
常に食う我は

盲導鈴を便りに歩く老いわれに付添くれし妻
も世に亡し

平成二年

レントゲン

レントゲンの胸部検査に老我は車椅子に乗りて医局に向かう

レントゲン室前の廊下の長椅子に不自由舎の友としばし待ち居り

看護婦に両手取られて一歩ずつレントゲン室
に入りて行きたり

長病みの我の尻痩せ骨痛く座布団三枚重ねて
座る

入浴して首の回りに垢《あか》の出るうちは命は大丈
夫と言う

病み老いていたく我が背の痩せ細り痛くない
かと洗いくださる

我が肩の窪みは深く湯が溜りメダカ孵ると笑
い言う声

六合村

六合村にも水田ありてこの年の稲作状態聞かせくれたり

自家用の稲刈りを非番の日にせしと女子職員は明るく語る

カモシカが山より出でて農道の道を食むという六合村出身職員

節分の豆の残りを撒きてやる庭に遊べる番いの鳩に

戸隠へバス旅行せし療友よりジャンボ林檎の土産頂く

七月より咲き初めたるコスモスは物干の高さまで伸びて咲きおり

向日葵の種も採り終え吾が庭は少し広くなりぬ秋深まりて

林檎

我が寮の前の道路に車止めし林檎屋の声に集
まる療友たち

新品種の津軽の林檎やわらかく総入歯の我も
喜び購いぬ

身延より信者の友に送り来し甲州ブドウ我も
戴く

長病みに喉も過敏になりたるか散薬飲む時咳の激しく

咳すれば痰のからみて声が出ず友の言葉にうなずくばかり

不自由舎より病棟に籍を移したる我が友はすでに九十越えたり

重病に耐えに耐え来し療友もついに身罷りぬ若さ惜しまれつつ

今夜の園内放送終りとぞ当直医師の名を教えくださる

岩茸

岩茸は百円玉の大きさに育つに十年もかかる
と言う
岸壁にロープにすがり採るという岩茸を一度
試食したきもの
冷凍庫に貯えて置く粟餅を時折食うも老の楽
しみ

少年の頃好まざりし粟餅を老いてたしなむは
如何なるわけか

限りある予算で賄う正月の料理の数々心して
食う

園長の新年挨拶を聴き居つつ老いの生命の尊
さを知る

このあしたゴムバンド掛けて配達されし年賀
ハガキの確かなる重み

故郷の年賀ハガキも混りいて老いの心励まし
読みもらうなり

身支度

北海道より見学に来し学生がクリスマスカード送りくださる

月曜日は焼物教室開かれて友らは土に親しみ学ぶ

整形の指の訓練によろしという造花を作る手芸教室あり

温泉のパイプ巡らすリハ室の床温かく患者多しも

山国の夜々の寒さを知れよとぞ療友二人一夜に身罷りぬ

老いの盲い朝の身支度目印のボタンをまさぐりセーターを着る

朝の仕度に屈まりて額をカセットの角に打ちつけ傷つきにけり

吾が友は節分の豆をまき給う詩吟で鍛えし声張り上げて

善光寺詣で

善光寺に真向いに建つ北向きの観音様の土産頂く

吾が園の行事日程聞き居れば善光寺詣でのバス旅行もあり

善光寺の詣での行きは志賀高原帰りのコースは鳥居峠とぞ

我が寮の食堂に活けし霞草白く小さくほのかに匂う

鉄分の不足補う豚レバー貧血症我も常買いて食う

売店の入荷品名と値段知らす朝の放送聴くも楽しも

つくしんぼうと言う春むきの菓子もあり心ひかれて一袋買いぬ

桜餅注文すれば出来たてを届けくださる町の菓子店

社会復帰

無菌状態十年続く我が友は社会復帰をすると
言い出づ
大阪にアパートを借りて住むと言う友はまだ
若く夢また多し
浪商の学校近くに住むと言う友の手紙を読み
もらいおり

山畑で南瓜作りて老い我に呉れたる友も社会復帰せり

山の木々の花粉はおびただしく飛び散りてアレルギー性我の体調崩す

我が庭にいち早く咲く雪柳引越の友に頂きしもの

桜咲く第一農園に共に行きし盲いの友もすでに世に亡し

藤咲きて不如帰鳴く吊橋に遊びし友を夏来ればば思う

ヒレンジャク

背の高い庭のつつじに朝顔の小鳥来りて囀り
くれる

シベリアより渡り来ると言うヒレンジャクの
色と姿を職員に訊く

我が寮にヒレンジャク来て遊びいるを教えく
ださる看護助手の君

頬白の番《つがい》来りて我が寮の巣箱に止まり様子窺う

我が寮へ引越すと言う療友の目のある君を癌に亡くして

六十歳で突然倒れし我が友の血液癌を哀れと思う

不自由舎の六十歳は未だ若くサークル活動の先頭に立つ

我が寮は盲いばかりの生活に心寄せ合い生きたく思う

荒垣外也先生追悼歌

二十四年歌の指導の恩受けし先生の急逝聞きて驚く

在りし日の荒垣先生を思いつつ我は歌集を抱き嘆かう

夏の日の庭に陰置くアララギの無情の風に一枝折れたり

アララギ

北海道の紋別市より見学に飛行機で来る看護学生

草津町に一泊したる看護学生温泉まんじゅうを試食せしとぞ

北海道の看護学生盲我に流氷まつりの壮観語る

アララギの短歌のテープ聴き居れば我が歌の
友も三首載りおり

アララギに三首載りたる我が友としばし語ら
う傷治療にきて

群馬県の県民栄誉賞受けられし土屋文明先生
群馬町出身

葉の落ちし冬木の如き老い我の手をひくナー
ス小鳥のように

病弱

耳朶と手首の二ヶ所メス入れて菌検査する園
長先生
十四年無菌なれども用心し一日一錠の治らい
薬服む
不自由舎に盲が多く身罷りて病弱われの体調
気遣う

夏風邪も病弱我のひきやすくビタミンCを常
に服み居て

高松宮妃殿下が来園し療養我らを励ましたも
う

盲我の前に足とむ妃殿下に歳を訊かれて八十
一歳と答う

高原に我の歌集を批評せし古川時夫の逝去を
惜しむ

食堂

午前五時の音声時計の声を聞きラジオをつけてまた床に入る
当直の男子職員巡り来て我は靴下はかせもらう
不自由舎の中央廊下に早出する看護助手さんの声聞えくる

部屋順に洗面をする我が寮の申し合わせを守り行くべし

食堂に朝の茶を汲む支度できき声のかかりて部屋を出で行く

熱き茶を二重湯呑みに注ぎもらい渇きておりし喉を潤す

生卵をつゆに落して半熟となるまで待ちて我はいただく

長病みに声をなくせし我が友はチャイムを押して煙草の火をつく

平成三年

井戸端

麦藁を一本ちぎりて汲み上げし釣瓶より飲む
水の親しき

恐る恐る井戸神様の鯉に鮒覗きしことも記憶
かすかに

井戸端に一本咲きしカキツバタ今は県花に選ばれしとぞ

井戸端の近くに立ちし無花果の黒く熟せし雨の朝思う

無花果の広き葉を採り焼きたての秋刀魚のせ食う農の昼餉に

百日紅を笑い木と言い撫でやれば笑うが如く花の揺れ出す

小学校の遠足に行きし長久手の古戦場のある色金公園

水車小屋

我が寮に盲導鈴の聞こえくる午前と午後の音
の変わりて
盲導鈴の蛙の声に故郷の夜の植え田を思い出
し居り
病棟の庭の金魚の水槽に小さき蛙の泳ぎしこ
とあり

雨蛙しきりに鳴きし故郷の庭の若葉の柿の木思う

水車小屋の庭に棗の木もありて学校帰りて我ら立ち寄る

小学校に通う道辺に三軒の水車小屋ありて楽しかりけり

夏が来て麦焦がし碾く水車小屋に我ら立ち寄り手にもらい食う

霜の朝水車小屋近き道行けば黒き顔見せ鼬の過ぎる

障子

山国は駆け足で来る冬にして障子早目に張替えくださる

麻痺の手に開けたてするに張替えし障子気遣う盲の我は

冬仕度に汚れの目立つカーテンも洗いもらいぬ今日は裁縫日

晩秋のサッシを通す日は温く意外に早くカーテン乾く

北海道の釧路より来し見学の看護学生としばし語らう

飛行機で見学に来し看護生帰りは青函トンネルを行く

郵便局で扱いくださる球根類友と二人で一組購う

我が庭に植え込みもらう球根はチューリップありヒヤシンスあり

乗り合い馬車

婦人会へ我の歌集を送りしに真綿布団を送り
くださる

名古屋市と瀬戸市を結ぶ街道に乗り合い馬車
の通いしものを

乗り合い馬車に乗らずに自転車で映画見に行
きし吾が十九歳の道

乗り合いの馬車に代わりて白バスの通い始めし昭和の初め

秋来れば茸を採りし松林切り開かれてマンションの建つ

松林の近くに兵舎建ち並び兵にカンパンもらい遊びき

故里の愛知用水の恵み受け果実生産盛んとぞ聞く

何事もなく気落ちしないで暮らせよと母の遺しし言葉に生きている

ジーパン

ジーパンは生地が厚くて温かく山の越冬に適すと思う
ジーパンは冬温かく夏涼しく不自由舎勤務に穿く人もあり
正月の夜のテレビにこの年は時代劇多く親しみて聴く

正月の盲我らもテレビつけ宮本武蔵の劇に親しむ

正月の希望の多い生寿司の一つ一つを嚙みしめ食らう

山に行きアケビ採り来て病弱の我れにくれたる亡き友思う

キセルもて煙草持ちて見えぬ目の我に吸わしめし妻も世になし

馬葡萄

馬葡萄を煎じて常に飲み居れば万病に効くと
愛用者言う
甘茶蔓も常に飲みいし人達も馬葡萄に代えて
飲みいると言う
馬葡萄も甘茶蔓にも病弱の我の心を甚く動か
す

早春に綺麗な花の咲くと言うアロエ薬草飲む
人もあり

神経痛の強き痛みに耐えかねて葡萄酒を飲む
と療友語る

東京も大雪という放送に山はいよいよ雪降り
積る

早出して環境整備の職員は食搬車通す雪かき
くださる

除雪車のしばしば通るこの朝は不自由舎道路
雪降り止まず

狐狸

官舎より残雪踏みて山道を出勤くださる職員
もある

山道に出遭いし栗鼠は面白くしばし足止め仕
種見しとぞ

狐にも時に出遭えばたちまちに茂みに姿隠す
とぞ言う

夕食の余りを庭に置きやれば狸の親子食らい行くと言う

大雪の朝は車にスコップを載せて出勤す六合村職員

吹き溜まる雪を掻き避け出勤の女子職員の苦労思うも

県道を出勤すれば倒れいる狸の事故を語る職員

傷つきて座せる子狸哀れみて獣医に診せやる看護助手さん

クロッカス

血液の循環悪き我が足は霜焼けの如き赤く浮腫みて

傷熱の足に籠りて古傷の跡も再び化膿したりき

当直の外科婦長さんに来てもらい熱のある足の手当してもらう

足の傷治りが遅く毎日の治療に通うに心も重く

見えぬ目の躓き易く傷足を心にかけて食堂に行く

足を病む我はバスにも乗り難く部屋に籠りてラジオ聴くのみ

我が庭に咲き初めたるクロッカス水仙よりも一足早く

クロッカスの花は強くて春雪に怯むことなく変色もせず

湯之沢へ

我が病気を診察したる若き医師温泉療養勧めくれたり

温泉の療養せんと汽車に乗る昭和六年五月一日

長野県の篠ノ井駅にて乗り換える信越線の汽車を待ち居り

乗り換える信越線の汽車の屋根霜に真白し五月二日の朝

乗り換えし汽車は通学列車にて女学生多く車内かしまし

軽井沢の駅に着きたり湯之沢の事務員車で迎えに来ていつ

沓掛の患者二人も乗り込みて車はいよいよ草津に向かう

狐住む六里ヶ原に差し掛かり古き車は故障したりき

旅館

湯之沢の旅館の帳場に通されて主人夫妻と挨拶交わす

灸点の治療の効果こまごまと語る主人もハンセン病者

挨拶が終りて二階へ通される六畳の間に囲炉裏仕切りあり

夕食に運び来りし小さき櫃小さき杓文字をしばし見ており

この宿の女中は二人姉妹にて姉は十八妹十六

温泉の宿に初めて寝る我に夜警のリンの夜半に聞える

付き添いの人も帰りて我一人前の旅館の屋根を見ていつ

湯之沢の旅館の屋根は板葺きにて所々に石のせてあり

灸点治療

湯之沢の旅館に泊り灸点の治療したりき昭和
六年

手に足に顔にお灸を据えたれば皮膚に潜める
菌焼くと言う

灸据えし跡は幾度も温泉に浸さねばならぬ熱
もちやすく

午前中に灸すまし午後からは大風子油注射五グラムを打つ

客仲間は同じ病の気安さに襖を開けて話し合いたり

湯之沢は娯楽少なくたまたまに掛かる芝居に誘い合いて行く

土用牛の牛湯《うしゆ》祭りに湯畑の夜店に遊びしばし楽しむ

夕食を済まして皆と誘い合い学校の庭に散歩したりき

瞼に描く

台風に傾きかけて物干しに支えられ咲く庭の
向日葵
二メートル成長したる向日葵の花のサイズを
瞼に描く
鶏糞を施しくれし療友に謝辞述べており向日
葵咲きて

白樺に朝の蟬鳴くこの夏の暑さに泣きし病弱われは

見えぬ目の気障りになる飛ぶ蠅を食事の前に叩きもらいて

焼きそばのいっぱい詰まるホットドッグ老いの我らも昼に戴く

高原は暦通りの立秋の庭に鳴き出す虫の声聞く

時代劇のテレビをつけて夕べ聴く明治生れの我は好みて

平成四年

浅間山

紫に暮れ行く秋の浅間山療養我らのシンボル
になる

夕焼けの浅間がきれいと病棟のナースは盲の
我らに語る

開眼の手術及ばぬ老い我の奇跡の夢も未だ消えず

障害者の日帰りバスの旅行ありてかつて来りし浅間牧場

紫に浅間ぶどうの実りいる浅間牧場広々として

牛乳も焼きモロコシも売りている浅間牧場の茶店込み合う

浅間山の大爆発に出来たりし鬼押出は牧場近く

運動会

赤飯の折を頂く我が園の自由レクリエーション楽しも

目のありし頃を思いて折詰めの料理頂く一つ一つを

白杖も車椅子も出て玉入れに心弾ます秋の一日を

湯もみ唄に北国の春の踊りある運動会はたけなわなりき

天理教の大祭ありて横川の釜飯頂く夕餉うれしき

釜飯を食みつつ思う我が園にボランティアに来る天理大生

十月に姿を見せる白鳥の渡るコースをラジオにて聞く

久々に盲三人浴場にあえば親しく声をかけあう

歌碑

御歌碑は楓紅葉に囲まれて栗生神社の境内に
佇つ

七人の盲い我等の石段を数え登りし若き日の
こと

狛犬を抱いて故郷しのび合いし杖の友らもす
でに世になし

六人の杖の友らも身罷りて我れのみ生くる八
十三歳

七人のお茶呑み仲間の想い出を歌に綴るも老
いの励みに

小春日の落葉を踏みて盲い我等神社詣の鈴を
鳴らしぬ

拝殿に腰を下ろしてささやかな盲人野球のゲ
ーム楽しむ

正月

全患協読みもらいおり各園の五大ニュースに心弾みて

全患の新年号は文芸もありし親しく記事も明るし

一年の盲い生活語りあい晦日そば食う盲い六人

我が寮に移り来りて初めての正月迎う盲い三人

よい年を迎え下さいと消灯に来し職員の声も張りもつ

正月の膳に戴く盛り合わせ昆布に黒豆数の子もあり

姿焼きの鯛に代りて落雁の鯛を戴く酒飲めぬ我は

いそいそと餅菜を摘みて雑煮にる母の仕種を思い出し居り

火傷治療

長病みに麻痺のひろがる手に足に火傷しやすく傷出来やすく

血液の循環悪き傷足に包帯軽く巻きもらいおりき

不自由舎の中程にある治療室傷治療する盲が多く

来た順に受け付けをして長椅子に傷治療する順番を待つ

それぞれの体質に合う傷薬わが傷に合うサトウ軟膏

傷口がだんだん狭くなりきたりサトウ軟膏効き目あらわる

節分の豆まきもらう盲われ明治生れの中年なりき

節分の豆は意外に柔らかく総入歯われも嚙みて祝いぬ

病棟仲間

傷治療に誘い合いたる我が友の義足の足の傷
熱高く

我が友の義足の足の傷重く園長診察受けねば
ならず

病棟に入室すれば同室の人と親しく言葉を交
わす

病棟を退室しても道で合えば病棟仲間の親しみ湧きて

病棟で世話になりたる看護婦さん不自由舎勤務に来りて親し

病棟も改善されて足を病む共にトイレも近くなりたり

新しく第二病棟出来上がりベッドも多くなりて安らぐ

病棟のお見舞時間定まれり午後の二時から六時半まで

春来たる

庭に咲くクロッカス採りて花の香を嗅がせく
ださる看護助手さん

クロッカス赤白黄に咲きたると不自由舎婦長
しばし見て立つ

朝開き夕べに閉じるクロッカスの花の動きを
友に聞き知る

雪柳咲き初めしと軒を掃く看護助手さん教えくださる

春来れば蓬を摘みて草もちを作りくれたる亡き妻思う

タラの芽を天ぷらにしてくれたりし若き療友社会復帰せり

二十年無菌なれども春が来て耳朶切りて菌検査受く

菌検査に尿の検査も無事終り春の健康管理に努む

牡丹桜

コメツガはお米のごとき小さき葉を枝いっぱいにつけて清しき
我が庭のコメツガすでに二メートル伸びて小鳥の朝な来て鳴く
かつて我ら住みたる寮に咲きたりし牡丹桜を思い出しをり

センターに引っ越す記念に写真撮る牡丹桜を
我ら背にして

引き出しを整理しおれば牡丹桜背にし写真出
でて懐かし

引っ越しの記念写真に写りをりし療友すでに
身罷る幾人

お茶受けに二つ食いたる桜餅老いの胃袋満た
してくれる

健やかならん

生き死にの境幾度越えて来し老いの命を大切にせん

内科室の前に心電室があり心電図撮りて医師の返事待つ

内科室の診察受けて日に一個赤き錠剤朝に飲みたり

窓開けて朝の空気を一杯に吸いて清しき山の
新緑

麻痺の手に朝の身支度整えてニコニコ体操肩
ほぐしゆく

見えぬ目のニコニコ体操爽やかに手振り首振
り深呼吸する

見えぬ目の暮らしはいつも板橋を渡るがごと
し気遣い歩く

レントゲン検査

レントゲンの胸部撮影検査あり車椅子に乗り
老我れも行く

長椅子に順番を待つ我が腕に番号札を結びも
らいて

レントゲンの機械に胸を押し当てて係の人の
指示に従う

レントゲンの胸部撮影無事終り車椅子で帰る
中央廊下

医局より通知なければレントゲンの検査の結
果無事を知りたり

レントゲンの検査終りて不自由舎の心電図撮
りに我も出掛ける

心電図撮りて貰うに足首に手首に胸になにか
塗るらし

亡き母の忌日近づくわが庭に白く小さく雪柳
咲く

向日葵通り

通るたび向日葵通りと声高に教えてくれる音声表示機

我が寮の前に向日葵通りあり向日葵六本咲かせ親しむ

盲いらの朝の散歩に歩きよく向日葵通り杖音多し

向日葵の実を啄みて南方へ渡る小鳥のエネルギーなりや

向日葵の実を啄める小鳥らを教え下さる看護助手さん

日が暮れて十時間経ち朝顔の花咲くという植物学者

療友の管理棟の庭に植えくれしコスモス咲けりサルビア咲けり

公園にて

白根山の麓に住みて普賢岳の噴火被害を身に
沁みて聴く

普賢岳の噴火がありて白根山の防災避難の訓
練ありき

限りある老の命を思いつつ燃える浅間の雄大
さ知る

我が園に小林公園出来あがる園長の退官記念となして

俳句詠む名誉園長の句を刻む浅間石立つ小林公園

公園の香楓亭に歌会あり出席促す沢田会長

心臓の動悸おぼえて公園の歌会の参加われに叶わず

公園を巡り歩いて秋の日の歌詠む友を思いつつ居り

平成五年

訪う人びと

沼田市へりんご狩せし療友に赤城りんごの土産戴く

白根山秋の景色は素晴らしく紅葉前線出発地なり

立ち枯れの木の多かりき白根山火山風景醸し出しいて

前橋の福祉学生見学に我が園に来て盲いと語る

孫娘のように見学学生と語るは楽し盲いの我ら

見学の看護学生明るくて成人式も済みしと笑う

来年は国家試験があるという看護学生の張りのある声

便りある日

五十四年帰ることなき故郷の宅急便に心躍らす

長病みの我に代りて跡継ぎし弟の嫁の便り嬉しも

開眼の手術及ばぬ我なれど励まし合える歌の友あり

暖房の蒸気入り来る午前五時ラジオを聴きつ
身支度をする

食事にもバランスをとるに心掛け老いて生き
行く腹は八分に

我が園の年忘れ会に病棟の友も来ているサー
クル発表

熱き茶を二重湯飲みに注ぎもらい麻痺の身体
も徐々に温もる

食堂に朝茶飲みつつこの朝の気温当てあう盲
楽しき

歳月

十一月十六日は我が園の開園記念日赤飯戴く
我が園の開園以来入園の患者総数二千余名と
聞く
我が園のつつじ公園に患者らの御霊を奉る供
養碑建ちいて

二十四年病弱我を看取りくれて逝きたる妻も
供養碑に眠る

十三年に入園したる盲い我も五十四年の月日
経ちたり

申年の明治四十一年に生れし我も八十四歳

申年に生れしためか今もなお摘み食いする哀
れさのある

職員も療友たちも申年の生れと聞けば親しさ
覚ゆ

盲の正月

全患協ありて今年の正月を明るく迎う盲我らも

友園の五大ニュースも載せてある全患協ニュース読みもらい居り

クリスマスイブの山国雪になり苺あしらうケーキ戴く

正月の配給物に干し柿と蜜柑に林檎のセット戴く

見えぬ目の我らに代り初日の出拝み下さる看護助手さん

正月の膳に戴く姿焼き骨取りもらう盲我らは

食堂の庭の積雪大氷柱《つらら》下がるを聞きて雑煮の旨し

新春の文芸募集発表の園内放送聴くも楽しき

寒明けるも

寒明けの山の寒さに我が麻痺の足は氷のごとく冷たく

傷癒えし跡にクリーム塗りもらい防寒用の靴下を穿く

早出して雪かきくださる職員の苦労を思いつ朝の身支度す

我が寮の前の道路の雪をかく除雪車の音今朝
も聞こえる

寒明けの山はいよいよ寒さ増す朝の気温も氷
点下十度

滑り止めに環境整備の職員が浅間砂撒く雪の
坂道

我が県の篤志家ありて正月に贈りくださる名
古屋ういろう

かつて我が大須観音に詣でして土産に買いし
名古屋ういろう

われは申年

申年の明治四十一年に生れ申年七回巡る

申年の生れと聞けば何となく親しみ覚ゆ職員の君

不自由舎の中央廊下も手摺あり朝の治療に縋りつつ行く

センターの一号棟から医局まで二百メートル越える距離あり

陰干しのサフラン煎じ病む我に飲ませくれたる母も世になし

葉の陰に赤く実りし故郷の三日ぐみを春来れば思う

心臓を病む

目も見えず耳も聞こえず声も出ず戦後の我は
床に伏すのみ
寝たきりの我にプロミン出張の注射願いて病
落ち着く
病棟に入室をして世話になりし退職婦長と文
通交わす

心臓の動悸おぼえて床を出で静かに座して治まるを待つ

循環器を担当される先生の診察受くる医局に向かう

心臓の欠陥ありて新しき心電図を胸に着けてもらえり

二十四時間心臓の動き計りたるホルター調査一週間要す

一日の心臓の動き調べるに我の動きも明記したりき

啄木忌に

啄木の忌日近づく我が庭に白く小さく雪柳咲く

啄木が十九歳で妻節子十八歳と結ばれしと聞く

啄木の八十一回命日に供養いとなむ盛岡の寺

釧路より見学に来し看護生啄木公園あるを語らう

球根を植えて三年経った庭にクロッカス咲きヒヤシンス咲く

花びらの白きが中に一筋の赤き緑あるラッパ水仙

石楠花のよく咲く年と咲かぬ年ありて今年はよく咲く年か

盲人会の桜まつりに飛び入りのカラオケありてマイクせわしき

ツツジ

出勤の職員の目を楽します正門近くツツジ咲き出す

別名に鬼ツツジとも言われいるレンゲツツジは群馬県花なりき

公園のつつじ祭に焼鳥の店も出ていて楽しみ多し

古き杖折れた白杖供養するつつじ祭の行事の一つ

青空のつつじ祭にカラオケの飛び入りありて午後も賑わう

公園に人工池も造られてオタマジャクシの泳ぎいると言う

教会へ信者の通う道すがら白く可憐なマーガレット咲く

我が園の合同慰霊祭にこの年も療友いくにん身罷りたりき

七夕祭り

我が園の七夕祭りに短冊を一人一枚戴きて書く

棕櫚の葉を細く裂きて短冊を結び下さる竹の枝枝

七夕の祭りを開く不自由舎の中ほどにある会場広し

職員と親睦はかる七夕に不自由舎センターの
参加者多し

障害のお願い書きし短冊を読む看護婦に拍手
沸き立つ

七夕の器楽合奏発表に木琴たたきし友も世に
なし

病棟の友も来ていてサークルの歌に合わせて
鈴を振りいつ

車椅子で出席したる老い我も七夕祭りの参加
賞を戴く

ある日

電柱に止まりて鳴ける油蟬を鵯が来て食いし話聞く

高原は暦どおりに秋が来て病弱我の過ごしやすしも

洗面のタオル絞って麻痺の手に載せてくださる看護助手さん

昼食に我も戴く長寿食フレンチポテトにバナナ一本

夕食のカレーライスに添えてあるラッキョ五つにロッピーチーズ

夕食を終りて外す総入れ歯洗いくださる看護助手さん

朝起きて着やすいように脱ぐ上着置く場所決めて盲の我は

万一の時を思いて杖と靴そろえて眠る我の嗜み

東京の思い出（一）

東京の水で洗えば灸点の顔も段々白くなりゆく

浅草の観音劇場に我入りて月形竜之介の実演を観る

浅草の夜店で食いし串焼きの蛸三本で十銭なりき

東京の病人宿に行くべしと草軽電車の最終に乗る

夜遅く信越線に乗り換える客は少なき軽井沢駅

初めての東京なれば乗り換える省線電車を人に尋ねる

田端駅の改札口に我を待つ病人宿の人ありがたし

この宿の夫婦同じ病にて語れば出身の県も同じく

平成六年

東京の思い出（二）

我の住む病人宿の様子見に父は故郷より出掛け来るという

朝早く東京駅に出迎える汽車より父と義兄降り来る

我が父も病人宿に一泊し我の病を気遣い帰る

宮城のお堀に架かる二重橋ひと目見るべく玉砂利を踏む

なみなみとお堀の水は豊なるに水なき名古屋城のお堀を思う

東京の正月三日楽しみて故郷へ帰る仕度するなり

海の中を列車が走る如くして沼津辺りの海岸走る

暮坂峠

不自由舎のレクリエーションに曾て我が暮坂
峠に一人遊びき

牧水の記念碑近く莚を敷き秋日いっぱい浴び
て楽しむ

暮坂の峠の茶屋で購いし蕎麦まんじゅうを今
も忘れず

四阿《あずまや》も建て替えられて広々と駐車場も出来し
暮坂峠

六合村より出勤される職員に山のアケビを採
りて戴く

紫に実るアケビは味もよく形も少し大きく育
つ

目が悪く入園したる我なれば山のアケビに出
会うことなく

故郷の土産に貰いしすそ分けと蝗の佃煮われ
も戴く

秋に想う

故郷で唐人草という花は彼岸花かと今にして
思う
秋彼岸の墓場にも赤く咲きたりし唐人草を思
い出し居り
紫にラッキョウの花も咲きていし故郷の師走
瞼に浮かぶ

我よりも年上なりし療友の好みし柿を忌日に
供う

湯帰りに栗を拾いて焼きたりし囲炉裏はすで
に置火燵なり

インフルの予防注射も病弱の我には打てず風
邪に要注意

風邪ひきて気管支炎の熱高く命拾いし過去を
忘れず

ゆく年くる年

つつがなく今年も蕎麦を戴きてレコード大賞のテレビかけ聴く

職員の全患協ニュース読みくれる有線放送聴くも楽しき

友園の主な行事も載せてある新年号の記事も明るし

新年の挨拶交わす食堂の席に着きいて盲いの我ら

柔らかく雑煮の餅を煮てもらう老いて細まる喉を思いて

正月の餅の犠牲者毎年のようにあるを聴くラジオニュースに

我が寮は明治生まれの五人いて故郷の正月語り合いたり

懐かしい下駄の音聞く時代劇正月番組のテレビかけ聴く

逝きし友

糖尿病長く患う我が友は食餌療法常に守りて
脳卒中は前触れもなく突然に障害起し友を襲いぬ
病棟に担ぎ込まれて一週間意識戻らずついに身罷る

八ヶ岳の麓に実家あるという友の語りし山の朝夕

赤い靴常に履きいし隣室の友も身罷る九十一歳

正月に東天紅の声真似て聞かせくれたる友も世になし

韓国より送り来りし柔らかき韓国餅を我も戴く

韓国より大正十年日本に父と二人で来りし君よ

啓蟄近し

手作りの雛を飾って童心にかえるリハ室雛祭りあり

音当てのゲームもありてリハ室に盲が多く雛祭りする

雛祭りのお祝いなりや夕食に我ら戴く握りずし上

熱高き風邪の流行りて病棟の友の見舞いもしばし止まる

啓蟄の季節なれども我が庭に積雪未だ四十センチ

不自由舎の楓浴場に暖房の蒸気入り来て脱衣場ぬくし

入浴に手を引かれ行く盲われの両膝いたく衰えきたりて

両足を湯船に上げる我が友は棒を湯船に渡して浸る

春の訪れ

我が寮に盲導鈴の聞こえ来る朝の散歩を促すごとく

高原の雪と寒さの冬越えて春の訪れ皆と喜ぶ

食堂の窓開けてあり小鳥らも春を喜ぶごとく囀る

長病みの患者の命脆かりき春に身罷る療友多し

我が庭の隅に出ている蕗のとう教えくださる看護助手さん

蕗のとう刻みもらいて春の香を皆と親しむ朝の味噌汁

蕗のとうを山の人等はジャオジと言って親しみ愛し食したりき

牛乳を一本飲めばカルシウム三百二十ミリ含まれており

花まつり

山国に桜前線すすみ来て白根のふもと終点地なり

外来の人々の目を楽しますす医局中庭さくら咲き出す

物故者の供養碑の建てる日蓮堂花まつりして甘茶施す

目のありし頃に甘茶をかけたりし天を指さす
黒き釈迦像

紅白のだいふく戴く花まつり甘茶と共に三時
のおやつ

トンネルを抜け出たような初夏の庭チューリ
ップ咲き芝桜咲く

会館の庭木に吊るす巣箱より四十雀の雛巣立
ちゆきたり

後遺症

顔面に麻痺の広がり寝ていても我の瞼は閉じることなく
麻痺したる我の瞼は力なく謀反のごとく裏返りいる
二十年無菌なれども後遺症人間らしき顔にかえらず

見えぬ目にまさぐりて見る頭髪も病状調査に
二分と記さる

長病みに免れ難き神経痛夜半にきたりて眠り
妨ぐ

神経痛によいといわれて亡き友も白根葡萄の
ワイン飲みしに

三十年われセンターに住み慣れて療友多く先
立ちて逝く

少年舎も少女舎もあり桜桃も多く実りしに今
はなかりき

燕

鉄筋に巣作り多くするという岩燕の巣壺型なりき

鉄筋に建て替えられしセンターに燕が多く巣作りをする

早起きの燕鳴きだす午前四時友は朝湯に出掛けるらしく

巣作りに励む燕は干してある布団に放糞いささか困る

巣作りの下手な燕も中にあり巣ごと落ちたる雛を哀れむ

我が寮の軒にかけたる燕の巣無事に巣立つを皆と願いて

巣立つ日の一羽残れる燕の子親は頻りに巣立ち促す

電線に横に並べる燕の子野鳥生活一年生なり

婦長さん

不自由舎に勤務をされし婦長さん退職記念に
風鈴くださる
我が部屋の前の手すりに吊しある南部風鈴さ
わやかに鳴る
柔らかき布を使いて見えぬ目の目やにを拭い
くれし婦長さん

手際よく采配ふるいし婦長さん今は沼田に余
生送らる

向日葵の実を啄める小鳥たち鳴る風鈴をいか
に聞きしか

風吹けば競うがごとく鳴り出せる盲い寮には
風鈴多し

時折に食堂に来て盲い我らと語り合いたる婦
長さん思う

療養祭

わが園の療養祭にこの年も福引きあり職員も
患者も楽しき

特賞の福引き誰の手に落ちるカラーテレビの
目玉商品

見えぬ目のわれも福引き引きたれば意外や意
外懐中電灯

会館の前に屋台の店も出て焼きとりも売る生ビール売る

前橋より出張くださる屋台店焼きまんじゅうあり綿菓子もあり

童心にかえる綿菓子購いて食えば入歯にまつわりつける

童謡を歌いくださる園児たち声張りあげて元気はつらつ

会館より中継される療養祭センターわれらも楽しき一日

平成七年

ピエロ人形

わが部屋の柱に吊すピエロなる吊し人形マスコットなり

吊しあるピエロ人形まさぐればふかふかとして親しみやすし

わが部屋に配薬に来し職員も吊し人形しばし
見て立つ

ピエロとはいかなる顔の持ち主かベティにミ
ッキイの顔思い出す

座布団と枕いただく敬老日八十五歳祝いくだ
さる

敬老会に慰問くださる婦人らの大正琴の枯れ
すすき聴く

町からも園児大勢来園しカラスの赤ちゃん歌
いくださる

虫の声

わが庭にこよなく月が美しく出でしと思う虫
もすだきて
虫一つ高く鳴きおりわが庭にサッシを開けて
しばし聞きいつ
虫の声細まりゆきて深みゆく秋を感じる盲い
のわれは

鈴虫をテープに入れて聞きたりし隣室の友も
いまは世になし

鳴く朝と鳴かぬ朝ある虫の声鳴く声聞けばわ
れはすがすがし

庭先に虫の鳴きいて老い耳をたてて聴力試す
朝あり

暮坂の峠にたてる記念碑の牧水まつり一日賑
わう

揃わぬ顔

十年の月日が経てばわが寮も九人の友も亡くなりたりき

わが寮も十人住みて六人は八十歳をすでに超えいて

空部屋の障子張り替え畳替え移り来る友を皆と待ちおり

かつてわれも妻を亡くしてセンターに移り来りて三十年経つ

センターに三十年住みて歌を詠む親しき友も多く亡くなる

歌会へ肩貸しくれしわが友もわれと同年いまは世になし

食堂に顔が揃いて新しき年を迎える心清しき

明るき新年

正月の年始を交わす盲われら顔は見えねど心通わす

正月の膳に戴く鶏雑煮長寿保てとわれも食いたり

新年の挨拶される園長の新医療機械の話明るし

食堂より帰り火燵に座し居れば輪ゴムをはめし年賀の届く

故郷の年賀はがきも中にありて盲のわれの励ましになる

わが父母は一番どりに起き出でて正月用の餅搗きくれたり

箱膳で雑煮を食いしわが家は大正時代家族十人

焼き芋

ショッピングセンター前に焼き芋屋来るを知
らす園内放送

高崎より出張し来る焼き芋屋売れ行きもよく
顔馴染みなり

焼き芋の売り声聞けば何となく心ひかれるお
茶のみ仲間

鹿児島より取り寄せられし紅小町焼き芋に適し味も良きかな

見えぬ目も便秘しやすき歳になり焼き芋食って腸を整う

歳とれば腸の動きも鈍くなり動きよくなる芋は良薬

おもむろに焼き芋売りの声がくる火燵に座るわれの頭上に

薩摩いもを輪切りに切って焙烙で焼きし故郷の思い出楽し

山国の三月

三月になれども山はまだ寒く庭の積雪三十センチ
物干しも不平いわずに頭出す掃き寄せられし雪の山から
雪降れば男職員早出して雪かきくださるわが部屋の前

双六で善光寺詣でするというリハ科賑わうゲーム大会

赤赤と山の夕日は燃えている氷柱は窓を叩き落ちたり

上空に寒気団あり山国の今朝の外気温マイナス八度

傷治療終りて帰る雪風の渡る廊下は身にしみ寒し

わが部屋も暖房蒸気に温もりてまさぐりながら身支度をする

盲の幻想

霧晴れしごとく明るいわが視野に心も軽く身
支度をする
暗き日と明るき日のある盲われもハンセン病
の故かもしれん
今に目が見えそうになる明るさに盲のわれは
戸惑うばかり

電灯に手を振ってみる見えぬ目にたまゆら影が走りしと思う

目を取られ手足麻痺して老いわれの重度障害背負い生きゆく

眼圧の高く痛めど生きている証と思い夜を耐えいる

コンピューター進む世となり字の読める眼鏡ほしいと思う夢あり

長病みに瞼麻痺して寝ていても瞼が閉じずやや開きしまま

発病の時

わが病昭和三年発病す徴兵検査の済みたる秋に

右足に赤き症状あらわれて針に触れても痛み感ぜず

わが読みしキング雑誌の広告に天刑病の記事も出ていし

頭から冷水浴びた如くしてわれの前途は闇に
閉ざさる

病院に診察すれば紛れなくハンセン病の診察
くだる

青春期に発病したるわが病進行早く手足むく
みて

洗顔のタオルに眉毛抜けきたり命削れる思い
したりき

湯之沢へ昭和六年われは来て灸点治療に専念
したりき

初夏に

老いてなお心に残る亡き母の田植え菅笠まるく大きく

老いわれの肩の窪みに湯がたまり金魚飼えると背を流しくれる

辻に建ちわれを導く盲導鈴小便小僧を載せて導く

わが庭も隣の庭も蕗いでて摘み採る季節六月初め

わが庭の蕗を採りきてキャラブキに作り下さる看護助手さん

細くとも野生の蕗は味がよく正月用の塩漬けにして

筍と蕗を使いし蕗ご飯母の手作り今も忘れず

癒えがたき傷

脈搏の不揃いのある老いわれの両足の甲黒く
浮腫みて
血液の循環悪きわが手足麻痺が伴う傷癒えが
たく
傷治療に出かける廊下食搬車きたりてわれは
しばし止まる

壁際に身を寄せている盲われに食搬車係礼を述べ行く

来た順に長椅子に待つ傷治療故郷自慢語るも楽し

車椅子に乗りたるままで外科医師の診察受くる盲のわれは

老いわれの血管細く静脈の注射を打つに気遣うナース

静脈の注射を五本打ち終えて傷熱少し下がりゆくなり

翁仙の滝

赤く咲く蠅取草は粘りもち蠅が止りて餌食となれり

湯乃沢へ昭和六年われ来りまだ目が見えて湯祭り観たりき

山積みの西瓜叩いて売りておりお客仲間で一つ購う

温泉の宿のお客はみな若く今日は翁仙の滝に
出掛けて

昼もなお鬱蒼として翁仙の滝へ行く道心細き
かな

翁仙の滝とはまこと木隠れに三十メートル滝
壷に落つ

滝壺にわれら下り来れば写真屋も草鞋履きに
て客を待ちおり

避難訓練

センターの火災避難の訓練に病弱われは部屋
にとどまる
わが部屋の前にも紙が貼りてあり避難訓練不
参加のしるし
避難訓練のサイレン鳴ればば不参加のわれの心
も騒ぎくるなり

センターの東側に住む人々はショッピングセンターの前が避難場所

不自由舎の火災避難の訓練に一号棟より仮出火する

センターへ駆けつけくださる職員の足音早くあちらこちらに

センターより仮出火して三十分で鎮火を知らす園内放送

消火器の取り扱いの訓練もありて職員集り下さる

平成八年

食の楽しみ

朝食にわれら戴く生卵半熟にして吾はいただく

半熟の卵は消化よいと聞く老いの胃腸に優しかりけり

水曜日の昼は麺類多く入れ中華そばあり味噌
ラーメンあり

土曜日の昼はパン食多く入れ老いのわれらは
軽くいただく

チャーハンにピラフという食事口当りよく希
望者多し

わが園のレクリエーションの弁当に舞茸ラン
チの折をいただく

天理教の大祭のある秋が来て釜飯出でし過去
を思えり

霜月は――

十一月十六日は我が園の六十三回開園記念日

十一月六日は園長先生の誕生日なり赤飯戴く

十一月二十四日は老い我の八十七回誕生日あり

楽泉園に昭和十三年入園し五十七年の月日経ちたり

目が悪く入園したる我にして山の紅葉知る事もなし

療養の我ら親しむ白根山紅葉前線出発地なり

二十四年病弱われを看取りくれて逝きたる妻の忌日近づく

十一月八日は妻の命日で今年はすでに三十三年忌

そこに歴史あり

療養の手と手をつなぐ十三園全患協の輪に結
ばれて
友園と親善交流はかりゆく四泊五日のバス旅
行あり
療養のわれらが昔使用せし生活用品資料館に
あり

資料館に集められたる品々に昔懐かし箱膳もあり

資料館の建設費用も幸いに理解者多く集められたり

わが園の療友達も資料館の見学せんとバスに乗りゆく

資料館を見学したる療友に二階建てなる壮観を聞く

闘病の人の苦しみなめつくしハンセン病の歴史生まれる

花豆

療養の我らの前途左右するらい予防法の改正大事

病み老いし盲い我らに全患協ありて明るく正月迎う

正月の膳に頂く盛りあわせ故郷の正月思いつつ食む

家を継ぐ定めにありし我にして若水くみし若
き日思う

山国の正月料理に欠かせない特産物の花豆も
あり

花豆はお多福豆にさも似たり甘く大きく柔ら
かくして

我が友も正月料理作りしと花豆その他我に下
さる

センターに移りて

昭和四十五年に我らセンターに移り住まりて
二十五年経つ
一部屋に盲三人の生活から一人一部屋のセン
ター に移る
センターに移り住まりて待望のテレビ購い劇
を楽しむ

歌を詠む友も時おり訪ねきて話はずます個室明るく

盲人会の出張代筆頼むにも気がねなかりき投稿休まず

高齢者の多くなりたるセンターに車椅子使用多くなりたり

センターへ上る坂あり全力で押してくださる介護員たち

センターに電動式の車椅子購入されて医局通います

遠き故郷

暖房の蒸気入りきて寒き朝サッシの内側汗かき濡るる

寒あけの山の寒さに外気温当てあい楽しむ盲の我ら

食堂に朝茶の仕度出来上がり声かけ下さる介護員の君

われの聴くラジオニュースに故郷の地名いできて家族思い出す

三十歳で目を失いしわれの身を案じくれたる姉も老いたり

陰になり日向になって病むわれを庇いくれたる母も世になし

父母逝きて送金途絶えし老いわれに老齢年金出でて喜ぶ

年金と完全看護に守られて八十七歳明日へ生きゆく

花咲く庭

クロッカスきれいに咲くと戸を開けて教えく
ださる看護助手さん

わが庭にいち早く咲くクロッカス白黄紫と三
色なりき

わが寮の庭に小さき花壇あり球根咲けり多年
草咲く

見えぬ眼に草花咲かす老いわれらその香浸りて故郷思う

啄木忌近づく庭の雪柳つぼみは赤く花白く咲く

庭先に緑増やせば自ずから小鳥来りて囀りくれる

鶯の初音聞きしとその様子教えくださる園内放送

食堂の前に植えたるぐみの木の芽を啄み食うヒヨドリ三羽

宿り木

眼をなくし手足麻痺する老い我に完全看護身にしみ思う

障害の重荷を背負う盲われ宿り木のように今日も車椅子

ヤドカリのように個室に暮す日々われ身罷れば誰か来て住む

ひこばえのように芽を出す株もなくひたすら
歌に親しむ老後

善光寺詣でのバスは白根山越えて帰りは鳥居
峠越え

病弱のわれに叶わぬバス旅行見送るだけの年
になりたり

かつて我が六十路の頃はバスに乗り初夏の白
根に遊びしものを

白根山の中腹にある殺生河原野生のシャクナ
ゲ群生して咲く

わが足

病床に長くつきいてわが足は細く痩せきて力衰う

足首を上下に振ればがくがくと音たて止まず機能衰う

力ないわが足首に短靴を履けばたちまち脱げて危なし

ばたばたとゴム長履けばわが足の傷出来やすく熱もちやすし

外科医師の診察すればわが足の補装具の使用勧められたり

わが足は甲が高くて補装具を作るにいささか工夫いるべし

新しく補装具が出来て慣れるまで気長に試歩を続け行くべし

久々に会いたる友と傷の足高々にあげて挨拶交わす

検査

車椅子で病状調査にわれも行く午前九時より
十時半まで

来た順に受け付けをして順を待つ盲いのわれ
は車椅子のまま

順番がわれに来りて医師の前今日の担当園長
先生

二十年無菌ですよと老いわれに話くださる園長先生

二十年無菌なれども日に一個治らい薬服む予防のために

血液の検査もありてわが部屋に婦長さん来て採血くださる

糖尿の検査もありてこの朝は尿を採り置くトイレの隅に

心電図終りて視力検査あり盲いのわれに用はなかりき

山の朝

昼は蟬夕べは虫の鳴く草津暦どおりにススキ
穂を出す

山国に住む幸せを思うなり老いの目覚めにほ
ととぎす鳴く

当直の男職員回り来て靴下と補装具はかせく
ださる

早勤の介護員来て老いわれの夜具をたたんで
仕舞いくださる

食堂に朝茶の仕度出来るまで廊下に出でてニ
コニコ体操す

号令を一から八まで二回かけ両手上げたりま
た下ろしたり

左肩上げて右肩また上げる肩の運動ほぐしゆ
くなり

食堂に朝茶の仕度出来上がり声かけ下さる介
護員の君

桃と林檎

長野県で果樹園開く農夫あり桃のとりたて売りに来たれる

甘味多き水蜜一つ百円より三百円にて売りてくださる

わが寮の前の道路に車止め計り売りする林檎の種類

一箱の桃を購い三人で分けたる友も今は世になし

ネクタリンも桃に似ていて味がよく老いの茶受けに適すと思う

日曜に高校生の息子連れかつて来りし桃売り夫婦

早生種なる津軽りんごは柔らかく総入歯われも八つ割りにして

故郷の正月用に富士りんご送り下さる長野りんご屋

平成九年

小林茂信先生

我が園に四十四年勤務され退職されし名誉園長

文芸に囲碁に将棋に趣味をもつ患者励ます先生なりき

我が園を退職されて先生の今は大戸の診療所
勤務

車椅子で廊下に合えばわが肩をポンと叩きし
名誉園長

八十歳の記念に出ししわが歌集先生は序文書
きてくださされて

先生の序文を読めば患者らの戦前戦後の死亡
記しあり

今もなお先生慕う患者らの多くありその人柄
思えり

泉友会

盲人会の創立六十周年記念にその足跡を思い出しおり

盲人の親睦はかるわが園に泉友会の会が出来いて

全盲となりたるわれも泉友会へ昭和十四年入会したりき

泉友会は戦後は栗生盲人会と名を改めて前進したりき

盲人会の書記出張代筆の便宜計らる病弱われらに

病弱の医学進歩に恵まれて米寿迎える幸を思えり

われ病めば村の神社に詣でたる亡き母思う米寿迎えて

闘病の日々の暮らしを歌に詠む盲のわれも八十八歳

囲炉裏

白樺の皮剥ぎ干して炉にくべし燃料不足の戦時中なり

馬鈴薯を囲炉裏の灰に埋めておき丸ごと焼けしその香その味

ニンニクは風邪の予防になると聞き吹雪の夜に炉に焼き食いて

湯帰りに栗を拾いて帰り来て炉に焼き食いし
秋の夜長に

療友と囲炉裏を囲み語り合い勝栗食いし君も
世になし

正月の囲炉裏を囲んで餅を焼き雑煮を食いし
炭火思い出す

山国の古き家では今もなお囲炉裏生活するを
聞きたり

十二月八日むかし炉開きの行事ありしに今は
いかにか

米寿の正月

全患協あって親善交流の輪もひらけいる十三園なり

同県の療友一人わが舎にもいて故郷の正月語る

盲ひわれも米寿迎えて初めての正月迎えて初日を拝む

正月の膳に戴く鶏雑煮老いのわれらの楽しみなりき

故郷より一枚届く年賀状盲いのわれの励ましになる

病棟の友を思いて正月のトンカツ料理箸をつけいつ

正月のテレビを点けて時代劇聴くも楽しき明治生まれのわれ

垣とれて明るくなりし療養所車椅子にも生きる気力湧く

足傷

我が足の傷熱高く体温を測りもらえば三十九度あり
傷熱の夜ともなれば熱高く異常注射を打ちてもらえり
病棟へ十年ぶりに入室し傷の治療に専念せんとす

病棟の看護内容こまごまと教えくださる病棟婦長さん

トイレにも行くことかなわぬ足傷にポータブルの使用許可くださる

麻痺の手に盲いの我に大切なポータブル便器の使用に慣れる

病弱の我を気遣い時折に見舞いくださる看護部長さん

不自由舎に勤務をされしナースらと再会出来て楽しかりけり

骨とりて

点滴の注射いずれも小型にて三〇分で打ち終わるなり

午前中に傷の治療と点滴の注射終われば昼餉に近く

病棟を見回る医師に点滴の注射二本を追加されたり

点滴の注射七本打ち終わり傷熱ようやく治まりきたり

傷熱が治まりくれば傷口の骨とる手術始まりたりき

傷口の骨とるメスの音きけば盲いのわれの心に響く

骨とれど痛みおぼえぬ麻痺の足ハンセン病の哀れさをしる

骨とりしわが右の指おろかにも外に頭を向けて癒えゆく

退室の日

骨取りしわが足傷も変化なく病棟退室今日は
許可さる

車椅子に乗りたるままで看護婦にお礼を述べ
て舎に帰り来る

わが部屋に四十日ぶりに帰り来て病棟生活振
り返りみる

病棟に百五歳なる老婆いてわれと同じく骨取り手術す

午後八時消灯時間にラジオ止めおやすみなさいとナース去り行く

この夜半に大声あげる老女いて痴呆症なりやナースなだめる

火曜日はベッドのシーツ取り換えにて手際よくする二人のナース

水曜は入浴日にて盲いわれも傷足あげて湯に浸りおり

桜咲く

車椅子押してくださる介護員桜咲くのをおしえ下さる

三本の桜医局の庭にあり中の一本先に咲き出す

鉄筋の舎に移り来し記念にと友が植えくれし石楠花も咲く

山国の桜咲き出し天候が急変をして雪の降り出す

山国は桜咲くのに雪が降るその風景を歌に詠めという

昨年の秋に植え替えおきたりしシクラメン咲く三月半ば

わが部屋の玄関冬も暖かく洋ラン四鉢無事に冬越す

洋ランの原産地方といわれいるアンデス山脈の山々思う

鳥を聞く

庭に鳴く小鳥の声に目が覚めて朝を知るなり
盲いのわれは

早起きの小鳥の声に何時かと音声時計押せば
四時半

様々な小鳥の声を聞きながら身支度をする朝
は清しき

食堂の軒に去年も巣を作りツバメの雛が五羽
も巣立ちたり

口開けてみな争わずツバメの仔餌をもらうに
順番ありや

雨の中飛び出してゆく親ツバメ巣立ち間近い
雛を育てゆく

シベリアより北海道に渡り来る緋連雀あり黄
連雀あり

かつてわが楽泉園にも緋黄連雀すがた見せし
を晴眼者より聞く

茱《ぐ》萸《み》

わが寮の食堂前に山茱萸の赤く実れる梅雨の
晴れ間に

実りたる茱萸とりくれる介護員朝の茶うけに
皆と戴く

故郷の家の庭にも植えありし五月茱萸の実少
し大きく

大麦の取り入れ時に実りたる茱萸とり食いし
昼の休みに

茱萸類もいるいろあれど三月に実りし茱萸は
小さくて丸く

わが園のケースワーカーに依頼して戸籍謄本
取り寄せもらう

謄本に弟の嫁の名もありてわれに代わりて家
継ぎくれる

故郷を出でたる頃は村なれど今は市制をしか
れ頼もし

山国の夏

八月の十六日は我ら住む栗生神社の祭礼ありき
新鮮な供え物する神社祭かつて我らも参拝出来しに
山国の夜のしじまに虎ツグミ悲恋伝える如く鳴きおり

白根山流れる風も涼しくて網戸を通し昼寝を誘う

山国の恵みの雨に庭先の向日葵すでに三メートルあり

向日葵の葉音をたてて夕風の渡るわが庭蜩の鳴く

向日葵の下に蟋蟀一つ鳴く山の晩夏を惜しむかのように

伊勢湾の富田浜に行き泳ぎたる我十七歳の夏の日を思う

祭

朝早く山から小鳥飛んで来て向日葵の実を啄みており
小鳥らの食べ余したる向日葵の実を集め採り冬の餌にせん
療養祭のチンドン屋する介護員センター巡り人気沸き立つ

病棟に姿を見せるチンドン屋先に旗持つ不自由舎婦長さん

わが寮の食堂に来てチンドン屋みんなの肩を叩き励ます

不自由舎の勤務をされる介護員「青い山脈」歌いくださる

先生も看護婦さんも仮装して歌いくださる療養祭に

会館の前の広場に屋台出て焼き鳥を売る生ビール売る

平成十年

「法」きえて

偏見と差別を海に流したい療養われら心は一つ

法きえて全療協に幸あれと心密かに手を合わすわれ

敬老会に祝福されるわが園に百歳になる老女
居ませり

湯之沢の灸点治療に百歳の老女にわれも世話
になりたり

敬老会にわれもお土産戴きて八十路の重みし
みじみ思う

敬老会に慰問くださる婦人会アトラクション
の大正琴弾き

予防法廃止になって一年余り社会の理解いか
に進むか

アララギ実る頃

わが寮へ異常巡りに来たナース老いの体調聞きて行きたり

爪きりと耳そうじに来し看護婦さんセンター勤務初めてという

食堂の前に植えあるアララギも赤く小さき実をつけており

アララギの実を採りきたる介護員試食をせよと手に乗せくるる

茱萸よりも甘味すぐれるアララギの実は小鳥らの餌になると思う

捕りて来し雉の刺し身は内臓によいと聞けども試食まだせず

山道をライトをつけし車のまえ山鳥飛び出し捕らえしを聞く

雪降れば白いダイヤという草津スキーシーズンいよいよ近く

麻痺の手に

見えぬ目の朝の身支度てまどりて麻痺の手足
の冷たくなれり
身支度に冷たくなりし麻痺の手を炬燵にしば
し温めている
麻痺の手を炬燵に長く入れおけば水泡出来や
すく要注意なり

水泡の水とり除く注射器を巧みに使う手慣れしナース

正月のごちそう出来しと花豆のごとき水泡治療しくださる

麻痺の手の浅き火傷の水抜けば皮がくっつき癒えるも早し

インフルの予防注射が始まれど病弱われに打つこと適わず

曾てわが予防注射を受けしかば高熱出しことのあるなり

元旦に

心眼を開き初日に手を合わす杖と生き行く我
が身願いて
元旦は転ばぬように注意する一年の計を老い
て忘れず
食堂に年始を交わす盲い我ら気心知れた家族
のように

音に明け音に暮れ行く盲いわれの生活すでに五十年経つ

故郷の旧正月の思い出を同県の友と語るも楽し

介護員吊しくれたるカレンダー四季の草花描きあるなり

横綱の写真入りなるカレンダー相撲協会の発行されしもの

障害の重き我らも全療協ありて明るく正月迎う

朝の食堂

寒明けて山はいよいよ寒さ増す庭の積雪五十
センチ
食堂に朝茶を飲めば老いわれの身体だんだん
温もりきたる
朝夕の温度おしえるスピーカー今朝の外気温
零下十二度

介護員も混じり温度を当て合える朝の食堂楽しかりけり

外気温見事当たりて皆から拍手をもらう朝茶は旨し

栃の実を拾い集めて餅にするまでに幾度も手のかかりしを聞く

故郷の家の屋敷に栃の木の二本ありしを思い出しおり

わが祖母は安政生まれで飢饉には栃の実食いしを語りくれたり

命いとおし

部屋掃除に廊下に出でんとわが立てば足に痺れを覚えくるなり

かつてわが貧血症状ありしかば造血注射多く打ちたり

胃下垂と低血圧のわれにして食後三十分右横に寝る

水曜日はわれの薬の投薬日二週間分届けられたり

耳の日は三月三日雛祭りと同じ日にありて記憶しやすく

耳の日にしみじみ思う見えぬ目の耳は第二の命と思う

甘酒を作りて来たよと介護員みんなに分けて勧めくださる

甘酒は故郷の味母の味こころぬくもる飲物なりき

介護の友たち

不自由舎に三十四年勤務され定年退職みなに惜しまる

障害の重きわれらを看取りせしその体験を尊く思う

友達のように親しき介護員別れの挨拶胸に迫りて

新しく採用されし介護員婦長に伴われ挨拶に来る

不自由舎に見習いに来し介護員高卒と見え若き足取り

センターに管理棟あり三人の男職員当直しくださる

管理棟へインターホン押し色々の用事を頼む盲いのわれは

心臓の動悸覚えて当直の婦長に血圧測りもらえり

一斉開花

山国は桜前線終点地うめ桃さくら同時に咲き出す
トンネルを抜け出たような初夏の庭芝桜咲き
チューリップ咲く
山よりも一足先にこの年も咲き始めくるる庭の石楠花

道化師のようにカケスも歌う初夏唐松の芽も
青く芽吹きて

目が悪く入園したるわれなれば山の風景友に
聞くのみ

見えぬ目もタイムマシーンで見えたなら驚く
ばかり園内風景

春もなお氷の解けぬ氷室あり石楠花咲いて氷
室まつりとぞ

氷室より氷り取り出し石楠花の一枝添えて句
会開かる

不整脈

脈拍の不揃いにある老いわれに心臓の弱みしみじみ思う

押し入れに夜具をしまうに動悸覚え付添さんに依頼したりき

心臓に負担かけじと車椅子で医局に通う治療ある日は

心臓の動悸激しく驚いて床より出でて治まるを待つ

朝よりも夕べの方が楽になる心臓病の特徴を聞く

癌よりも心臓病の死亡者が七年前より増加せしとぞ

一年の心臓病の死亡者が二百四十万と聞きて驚く

わが園の合同慰霊祭にこの年も十八名の御霊祭らる

望郷

故郷を離れ来りて盲いわれの帰ることなく六十年経つ

故郷は昔のままで老いわれの夢に現る懐かしきかな

里帰りの制度はあれど病弱のわれに叶わず話聞くのみ

里帰りの友が登りし犬山城われも小学の遠足に行きて

屋形船で観光客の下り行く日本ラインを思い出しおり

戦争で破壊されたる名古屋城再建されて五階と聞く

竹の皮拾い集めてぼてふりに売り文房具買いし喜び

村中の田植えも無事に終わりしと早苗饗祝い今も忘れず

友を偲びて

惜しまれて身罷る友も多くあり在りし日の君
を偲び語らう

長病みの命は脆く昨日まで語り合いしに今日
は語らず

奥様に先立たれたる我が友も後追うごとく天
に召されて

カラオケを生き甲斐とせし我が友の歌声いまも耳に残れる

花園に余生を送る療友へ届けとばかり歌う懐メロ

大勢の看護婦さんも出席し供養に歌う若き歌声

介護員も白衣のままで出席し今亡き友を偲び語らう

盆供養終わりに近く皆が待つ看護部長の挨拶ありき

残暑に

水道は湧き水ひきてあり夏は冷たくかつまた
旨し

山道に残暑潤す岩清水かつては手にて掬い飲
みしに

バス旅行より帰りし友は水道の水の旨さをし
みじみ語る

盲人も男神輿に乗せられて太鼓叩いて園内巡る

夏負けの我の体調戻さんと三度の食事気遣い食らう

鯛焼き二個りんご一つの軽食は老いのカロリーに適すと思う

長野より採りたての桃売りに来て一個百円我も購う

山畑に友の作りし初なりの草津南瓜を我も戴く

平成十一年

食欲の秋

十月に誕生日ある療友の祝いに栗の赤飯いただく

食文化の長山久雄先生の各地巡りし料理話聞く

赤味噌に育てられたる秀吉の天下を取りし出世話聞く

家康も八丁味噌に育てられ徳川幕府築きし勝利

赤味噌は豆粒多く摺り鉢で摺り味噌漉しで漉して使用す

暖かき朝のご飯に赤味噌の汁かけ食いし小学時代

夕食にシメジご飯をいただきて味覚の秋を味わいたりき

卒寿

十一月二十四日は盲いわれの九十歳の誕生日なり

申年の明治四十一年に生まれし我も卒寿迎える

入園して六十年を白杖と生きし命を尊く思う

三十歳で目を失くしたる老いわれの生活支えし歌の道あり

不自由舎に移り住み来て三十四年歌詠む友も多く身罷る

悪臭を出したる我の足の傷無菌になって匂い治まる

舌先で皮膚を探れば鳥肌もいつしか無菌の肌に消えいて

眠りいて瞼の閉ざせぬ麻痺の顔狸寝入りのごとき生きざま

医局で

足悪く盲いの我は車椅子で中央廊下を医局に
向かう

右腕に番号札を付けもらい車椅子のまま順番
を待つ

レントゲンの検査に我も異常あり今日は医局
へ出掛けてきたり

かつて我が二十四年前気管支炎病みて高熱いでしことあり

結核を患いしかとレントゲン写真見つつ医局開きたもう

仰向けにベッドに寝ころびレントゲンの精密検査我は受けたり

点滴の注射打ちつつレントゲンのCB検査初めてに受く

右肺の下には癌が出来やすく心配そうに医師は語らう

故里を思う

限りある老いの命を思いつつ噴煙浅間のエネルギー知る

予防法廃止になって故里へ帰りたくあり帰りたくなし

無菌でも後遺症ありうからからに会いたくもあり会いたくもなし

故里へ六十年の溝が出来うかららの事まぼろしなりき

食堂に年始を交わす盲いわれら家族のように雑煮分け食う

里帰りの友より頂く土産物一つずつ分けて試食したりき

九十歳の新年迎う盲いわれ心正して初日を拝む

初日の出昇る白根に浅間山白衣を着たる如く親しも

妻逝きてのち

二十四年盲いのわれを看取りくれし妻も癌らしき病に倒る

妻逝きて盲いのわれは不自由舎へ移りし昭和三十九年

不自由舎の暖房設備乏しくて部屋中にある掘り炬燵一つ

初めての冬のセンター病弱のわれに厳しく耳も凍傷す

食堂へ長き廊下を部屋の友の肩かりて行く足悪きわれは

傷治療に廊下で合えば労りの声かけくださる総婦長さん

センターに引っ越すときも色々とお世話くだされし総婦長さん

痴呆症に冒されやすき老い我ら歌詠むことも予防になるときく

備え

音に明け音に暮れゆく盲いわれの暮らし支えし歌の道あり

万一のときに備えて杖と靴いつも同じの場所に脱ぎ置く

寝る前に炬燵のスイッチ調査して床に入りゆく盲いのわれは

午後八時消灯時間に介護員回り来たりて消し
てくださる

見えぬ目で煙草吸わんとライターで火傷せし
話聞きしことあり

長病みに禁煙者多くこの頃は煙草のぼやも聞
くこともなく

非常時に盲い連れ出す目印の赤き札貼らるわ
が表札にも

万一のときにも一舎でくい止める防火設備も
整えてあり

皐月

百鳥の囀り一日毎に高まりて丘の白樺芽吹き
始めたり

囀りの声聞き分ける盲いわれら愛鳥週間近づ
きたりて

冬長き山の人々喜ばす雪柳咲くヒヤシンス咲
く

昔から言い伝え来し山畑に郭公鳴きて豆蒔く
慣わし

名物の峠の釜めし味もよく老いのわれらも戴
きて楽し

わが園の五月八日の花祭り尼僧来たりて法話
のありき

骨堂に君の好みしワンカップ花祭りにも供え
られたり

骨堂に供えられたるワンカップ戴き飲めば御
利益あるとぞ

短い春に

冬長き山の厳冬無事越えて療養われら喜びあえり

春が来て老いの体調守るには野菜果物多くを取るべし

庭先に蕗のとう出る我が寮は山の斜面を開き建てしもの

蕗のとう五つ出ていて三個とり皆と分け合いつゆに落とせり

両手上げ首筋伸ばしその次は頭を前に後うに曲げて

体操の号令かけるスピーカー女子職員の声の明るく

右肩を上げて左の肩を上げ段々肩をほぐす体操

深呼吸空気大きく吸って吐く今日のニコニコ体操終わる

慰霊祭

わが園の合同慰霊祭にこの年も二十四名の御
霊まつらる
逝く者は盲いが多くセンターの平均年齢七十
四歳
ナースらも白衣のままで参列し今亡き友を偲
びくださる

入浴に語り合いたる同県の盲いの友もまつられたりき

金曜日の入浴に来し三人の療友たちも今は世に亡し

金曜日は入浴日にて老いわれは車椅子に付添われ行く

傷足にビニール袋つけもらい浅き湯船にわれは浸りぬ

傷足を湯船に出せば盲いわれに浅き湯船も深く感じて

つつじ祭り

センターの西寄りにある公園に今年もつつじ
祭り開かる

缶ドロップつつじ祭りのお土産に先着二百名
様にくださる

折れた杖古い白杖供養するつつじ祭りと共に
おこなう

玉串を捧げくださる杖供養盲いわれらも心正
して

屋台出てつつじ祭りをもり立てる焼きそばビ
ール焼き鳥売りて

一人前三百円とは格安の焼きそば皆が試食し
たりき

晴天に恵まれているつつじ祭り午後から青空
カラオケ大会

カラオケに負けじとばかり唐松の蝦夷春蝉の
大合唱あり

ひまわりの葉音

センターの横断道路に鶯の盲導鈴が注意うながす

わが寮の前の道路は幅広く「ひまわり通り」と名付けられたり

表示機に転勤せし婦長の声残る「ひまわり通り」の声はまさしく

庭先にひまわり多く咲かせたる今亡き友を思
い出しおり

見えねども我も花壇にこの年もひまわり十本
咲かせ楽しむ

夕風の渡るわが庭ひまわりの葉音聞くのも老
いの楽しみ

湯祭りに女神の乗りし牛さえも時代の変化に
いなくなりたり

松明に照らされながら女神くる牛に乗らずに
車に乗りて

死に向いて

血圧と体重測りに来しナースわれの体重三十五キロ

生き死にの境いくたび超え来しか我の身体は骨と皮なり

かつて我がエコー診察受けたるに肝臓だけは平常なりき

入浴に流しくださる介護員肩の窪みに湯がたまると言う

長病みに肩の窪みも深くなり天のお召しに命惜しまず

二十四年病弱われを看取りくれて逝きたる妻の忌日近づく

盲いわれを看取りくれたる亡き妻の顔も知らずに果てるわが身か

家を継ぐ定めありし我なれど療養一代山に果てるか

平成十二年

深みゆく秋

盲いわれのサッシを開けて庭に鳴く虫聞く朝は楽しかりけり

庭に鳴く虫の声にも深みゆく秋を感じる盲いのわれは

半島の出身の君は鈴虫のテープ流して楽しみ居しに

虫の声テープにとりて盲い我らに聞かせくれたる友も世になし

法に泣き法に脅えて世を去りし君の好みし邯鄲の鳴く

中央線の中津川駅で病ゆえ下車させられし君思い出す秋

ラジオから飛び出してくる虫の声芸に生きゆく猫八親子

治療の日

車椅子と傷治療する受付をインターホン押し
われは頼みぬ

センターの中央廊下は午前中車椅子に乗る療友多し

車椅子の盲いのわれに「おはよう」と声かけくださる副園長先生

車椅子で順番を待つ盲いわれに声かけくれる
旧友ありき

外科室で偶然に合う旧友と言葉交わすも何年
ぶりか

センターで勤務をされた看護婦さん久々に聞
く声は懐かし

消毒が第一と言う傷治療に経験深き一人のナ
ース

傷治療ようやく終わりお迎えの電話かけくれ
る若き看護婦

歌詠む日々

目が見えず手足麻痺して雪降れば炬燵に座る
我の生活

冬来れば炬燵にラジオ友として日々の生活歌
に詠みゆく

わが寮に婦人しんぶん配り来し歌詠む友の杖
音親し

訪ね来る友もだんだん減りてきて今日は歌詠む友と語らう

回り来し新アララギのテープ聞きその内容の新鮮さ思う

ただ一人新アララギに投稿す君はけなげに盲いなれども

新日本歌人テープを聞きたりて社会生活の一部を悟る

群馬歌人のテープをいつも聞くたびに我もう一歩前進あらばと

九十一の新年に

プロミンで命ひろいし盲いわれ九十一の長寿保つ

この年もインフルエンザ流行りきて老人ホームの人々襲う

予防法廃止になって四年目に将来構想身にしみ思う

全療協に守られ生きる老いわれら来る正月も楽しく過ごす

杖の耳歯車あわせ歩み行く六十余年の一の保ちて

三十歳で目をなくしたる老いわれの歌を学びて三十余年経つ

故郷より一枚届く年賀状盲いのわれの励ましになる

見えぬ目も夢では不思議目が見えて山の満天星空仰ぐ

雪降る立春

寒明けて山は一段寒さ増すインフルエンザとくに注意せん

医局より帰り来たりて手を洗いうがいなどして予防につとむ

病棟も風邪ひき多く寮友の見舞いもしばし止まりており

節分の豆まきくれる我が友は手足も良くて一
番若く

立春の山は朝から雪が降り今朝の外気温零下
十二度

除雪車の音も重みの加わりて今朝の積雪ふか
しと思う

六合村より出勤される介護員車にシャベル載
せ来るという

懐かしの名古屋

三月は国際女子マラソンが名古屋にありてテレビかけ聞く
マラソンのコースの中に懐しい町の名いでて楽しかりけり
名古屋城一周をするこのコース坂が多くて選手悩ます

テレビいま金のしゃちほこ映しおり盲いのわれに見ること叶わず

城守る水堀いまも残りいてその壮観さ心に残る

城離れコースは稲見へひた走る熱田神宮の西門目指す

市内には一〇〇メートル道路開かれてマラソンコースの一部となりき

わが姉も名古屋に嫁ぎ時折に訪ねたりしに今は幻

学生と語らう

予防法廃止になってわが園に見学に来る学生多し

この年も慶応大学医学部の学生数名来園したり

慶応の女子大生もわが部屋に二人来りてしばし語らう

いじらしいほどに近くに座りおる看護学生つつましくして

北海道の紋別より来し看護生流氷の話に花を咲かせて

札幌より飛行機で来り草津町のユースホステルに一泊したりき

三年生の看護学生来年は国家試験がありと意気込む

センターで勤務をされし婦長さんも渋川病院へ勤務されたり

初夏の庭

亡き友の住みたる庭にこの年も初夏を忘れず
芝桜咲く

植木屋を父にもちいる介護員庭木手入れを果
たしくださる

わが庭の草むしりする介護員小さいライラッ
ク見つけくれたり

昨年の暮に蒔きたる向日葵も大型連休に芽を
出し始むる

鉄筋に巣作りをする岩燕鴉恐れて廊下に雛育
て

鉄筋に締め出しくった雀の巣いまは巣箱に巣
作りするか

落葉松も青く芽吹きて道化師のように懸巣の
歌う初夏なり

擬音時計楽し

鉄筋に建て替えられてわが寮に移り住まいて
十五年経つ

親舎でも十五年経てば黴出でて壁の汚れも少
し目立ちて

食堂の壁の張り替え終るまで五日の間食堂使
えず

食堂で食事はできず部屋部屋に配膳されて食
事したりき

食堂へ取りつけられし小鳥鳴く擬音時計も楽
しかりけり

朝七時お茶の時間にオオルリの鳴き出す時計
皆と楽しむ

小鳥鳴く擬音時計は物真似の猫八のように皆
と楽しむ

午前十二時カッコウが鳴き午後三時ウグイス
六時にホトトギス鳴く

新しいトイレ

食堂の壁の張り替え完成し次はトイレの工事
始まる
新しくシャワートイレの取り替えに工事日程
二日要する
二日間トイレ使用が出来なくて盲いわれらは
ポータブル便器使用す

ポータブル便器廊下に備えられ盲いわれらは用心し使う

麻痺の手でトイレの蓋を開けたるに今はひとりでに蓋が開くなり

新しいシャワートイレはピーピーと音たてパタンと蓋は閉じゆく

共同で使用したりしこのトイレ昔思えば夢かとばかり

故里の田舎トイレを思い出せば驚くばかり文化生活

盆供養

センターで今年みまかりし療友の御霊をまつる盆供養あり

一分間黙祷をして在りし日の君の生活語り合いたり

センターの患者の平均年齢は七十五歳逝く者多し

わが園の開園以来の死亡者は一千七百六十五人

友逝きて家族が来たり懇ろにお骨善光寺に納められたり

日蓮宗信仰厚き療友も身延へお骨納められたり

もしわれも天に召されしその時は骨堂に皆と眠る定めか

立秋に穂を出す芒骨堂に萩と一緒に供えられたり

介護員さん

介護員の勤務時間は午前六時半から午後の六時半まで
わが寮は重度障害者多く住み看護時間も少し長引く
障害の霞きわれらの夜具たたみ洗面タオル絞りくださる

夏休み三日もらえる看護員一息つける山の残暑に

気兼ねなく用事頼めるセンターに勤務の長き介護員さん

食堂に一員を寄せ合う盲いわれら同じ病の気安さありて

故郷を遠く離れて療養に友はうからからのごとく親しき

麻痺の手は火傷しやすく用心に二重湯呑みに茶を注ぎもらう

平成十三年

賑やかな療養祭

わが園の療養祭にこの年も大小御輿出でて賑わう

大形の御輿をかつぐ職員の声張り上げて園内巡る

看護婦のかつぐ御輿も勇ましく男勝りの声かけ合いて

メガホンで御輿励ます婦長さんわが部屋までも声の届きて

午後からは演芸大会開かれて漫才落語歌もありにき

会館より中継される演芸会病弱われら部屋で楽しむ

先生も声張り上げて餅を搗きつきたて餅を皆にくださる

誕生月に

白菊も満開となりわが園の開園記念日近づききたる

十一月二十四日は盲いわれの誕生日なり共に祝いゆく

申年の明治四十一年に生まれしわれは九十二歳

十一月に誕生日ある療友の三十六名われもその一人

誕生会祝いくださる夕食に赤飯出でて皆といただく

一日の老のカロリー千二百三度の食事われは欠かさず

土曜日の昼はパン食ブドウパンジャムパン出でてわれもいただく

長野より林檎園ひらく農夫来て採り立て林檎われら購う

師走

何となく心せわしい十二月炬燵に座るも落ち
着きなくて

雪三度白根に降れば麓にも初雪来ると言い伝
えあり

小春日に浅間はすでに雪化粧高き噴煙まぶた
に描く

雪三度庭に降れども根雪にはならなく解けて
冬至近づく

日本でただ一つある温泉の療養所とはわが園
なりき

長病みの心を癒す温泉に今日も浸りて長寿を
保つ

午後からは盲いの多き浴場に歌詠む君も今日
は来ており

牛乳を飲んでバナナを食べたればカルシウム
多く身につくと聞く

二十一世紀を迎えて

わが寮の今年は皆が元気にて晦日蕎麦食う肩寄せ合いて

紅白より一足先に始まれるレコード大賞のテレビかけ聞く

夢に見た二千一年初日の出九十二歳を無事に迎えて

料金受取人払

杉並局承認

446

（切手不要）
差出有効期限
2004年3月31日

郵便はがき

166-8790

（受取人）
東京都杉並区阿佐谷南1-14-5
栄ビル

皓 星 社 行

TEL 03（5306）2088／FAX 03（5306）4125
http://www.libro-koseisha.co.jp
Email/info@libro-koseisha.co.jp

フリガナ お名前	ご職業	（男／女） （　　歳）
ご住所　（〒　　－　　）		
TEL	FAX	
Eメールアドレス		

皓星社◎注文申込書

このハガキは小社刊行物のご注文にご利用いただけます。ご指定の書店にご持参下さい。

または小社にご返送下されば、宅配便にて直接送本いたします（送料380～）。

書名	定価（本体価格）	申込部数

ご指定書店名	取次・番線（書店でご記入願います）
市町 村区	

読者カード

ご購読ありがとうございます。今後の出版企画の参考に致したく存じますので、是非ご意見をお貸せください。アンケートにご返答下さいました方には、小社の出版図書目録を進呈させていただきます。

お読みくださった本の書名

お買い上げ日・書店　　書店名

年　月　日　市町村区

本書をお求めになったきっかけはなんですか？

・書店で見て　・図書館で見て　・皓星社のホームページを見て
・広告を見て（新聞・雑誌名　　　　　）
・書評・紹介記事を見て（新聞・雑誌名　　　　　）
・人にすすめられて（・友人　・先生　・書店員）
・その他

本書以外で小社の書籍をご購読いただいたことが

・ある（書名　　　　　）・ない

普段よくご購入になる本のジャンル

・人文　社会　・歴史　・文芸　・その他（　　　　　）

普段よくご購入になる本の価格帯

・1000円以下　・1100～2000円　・2100～3000円　・3100～4000円
・4100～5000円　・5100～6000円　・6000円以上

ご購読新聞名（　　　　　）
定期ご購読雑誌名（　　　　　）

通信欄　・本書に関するご感想（内容・価格・装丁などについて）
・小社へのご希望、その他

ご協力ありがとうございました。

分身のごとき白杖頼りつつ六十四年音の世に
生く

食堂より帰り来たりて座しおれば年賀葉書が
炬燵に届く

元日は部屋掃除なく介護員年賀葉書を読みて
くださる

センターで勤務をされて退職の婦長さんから
来し賀状懐かし

故郷より一枚届く年賀状盲いのわれの励まし
になる

節分

午前五時暖房蒸気入り来たり盲いわれらの目覚ましになる

われら住む個室の温もり早くして床より出でて身支度をせり

天に花地に実がなれと大声で友は節分の豆撒きくるる

節分の豆を朝茶に二十粒入れて飲みおり豆の
香好きで

寒明けて山はいよいよ寒さ増す今朝の外気温
零下十三度

吹溜まるサッシの溝に盲いわれ腹這いになり
て雪を食いたり

除雪車のしばしば通るセンターの今朝の積雪
深しと思う

除雪車の通りしあとに滑り止めの砂撒きカー
が走り行くなり

寒の戻り

餅花に吊す煎餅もらい歩く幼かりし日の習わしなりき

水田にて田螺とりきて雛段に供えしことも過去の思い出

春を呼ぶゲーム大会開かれる雛を飾りしリハ科室にて

リハ科室に雛祭する整形の指で作りし紙の雛
あり

時折に寒の戻りに雪が降り今朝の外気温零下
八度なり

長病みにまぬがれがたき神経痛寒の戻りに痛
み激しく

神経痛の痛みは強く診察し注射五本を出して
いただく

齢とれば血管細く逃げやすく静脈注射のナー
スてこずらす

老い

センターの患者の平均年齢は八十歳近くみな
が老いたり

年取ればいたしかたなく紙オムツ使う療友多
くなりたり

長病みに重度障害背負いきて脳障害もおきや
すくして

法に泣き法に怯えた過去ありて心の大きい傷痕思う

病棟も建て替えられて老人のケアセンターの設備整う

われよりも健康ありし療友も年には勝てず痴呆症めく

年取ればその日その日を大切に転ばぬように用心第一

部屋にいて生活できるは何よりの幸せですと介護員言う

花咲く季節に

爽かな初夏の空気に浸らんとサッシを開けて
しばし顔出す
温泉の硫黄成分風にのりほのかに臭う静けき
朝に
目が見えた頃の草花咲かせいて心和ます盲い
のわれら

石楠花も今年は花のあたり年蕾を多くつけて
咲き出す

目が悪く入園したるわれにして園内桜知るよ
しもなく

医局より帰る廊下の傍らに桜咲き出すと教え
くださる

わが園の五月八日は花まつり梅桃桜同時咲き
出す

信仰の日蓮堂より御利益のあると言われる甘
茶いただく

初夏の鳥

わがが園のつつじ祭りに正門の辺りのつつじ今盛りなり

盲人会の主催とも言うつつじ祭り来賓多く参列されて

焼き鳥に焼きそばを売る屋台出てつつじ祭りを賑やかにする

山に鳴く初夏の名鳥と言われいる郭公ほととぎす仏法僧あり

かつてわが地獄谷近く住みていて夜半に聞きたる仏法僧の声

地獄谷の上に百鳥園ありて医局帰りの友らは憩う

車椅子で医局に向かうわが上をすいすいと飛ぶ子育て燕

管理棟の人の出入りが多くして軒に燕も巣作り励む

七夕の日

短冊を一人一枚いただきて七夕願い皆が書きたり

コンピューター研究進み見えぬ眼もテレビの見える眼鏡願いて

リハ科室に七夕祭り開かれて車椅子参加多くなりたり

病棟の歌うサークル鈴鳴らしみんな元気で合
唱したりき

ふるさとの七夕祭りにロウソクを点し回せる
走馬灯ありき

アヤメより少し大きいカキツバタ雨に濡れい
て色の鮮やか

夏来れば庭に咲きたる金魚草矢車草に立ち葵
あり

ふるさとの田の畦に咲く草ボケの野生の花の
色の鮮やか

亡き友を想う

肝臓を長く患う同県の友はわれより若くて逝けり

亡き友は点字舌読たくみにて点字の手紙読みくれしものを

同県の友に出会えば名古屋弁丸出しにして語り合いしに

センターでみまかる友の盆供養園長先生出席
されいて

一分間黙祷をして今は亡き友を偲びて語り合
いたり

亡き友の好み歌いしナツメロをみんなで歌う
午後のひととき

盆供養の一部ともなるこの年も文芸募集あり
て楽しき

先生の選をされたる短文芸優秀作品多く見ら
れて

楽しき祭礼

八月の十六日はわが園の栗生神社の祭礼なりき
石段を数え上りし若き日の神社参拝思い出しおり
故郷の祭思いて狛犬に触れたる友も今は世になし

わが部屋の前の道路を威勢よく御輿の通る療
養祭今日

看護婦も介護員らも威勢よく御輿を担ぐ声張
り上げて

午後からは演芸大会開かれて中央会館客足多
く

漫談に物真似もあり歌もあり盲いわれらも楽
しく聞けり

焼鳥に生ビール売る模擬店に療養祭を楽しく
したり

平成十四年

栗

わが園の山の斜面を切り開き建設されて栗の木多し

湯帰りに道端の栗拾いきて囲炉裏で焼きし過去の懐し

戦時中食料難に勝栗を炬燵で食いし君も世になし

園内の交通整理に栗の木も多く切られて今は少なし

散歩する道端にある隈笹に栗落ちる音に秋を知りたり

旧暦の九月九日は栗節句栗飯炊いてくれたる母よ

山栗と特産物の花豆を入れし赤飯美味しかりけり

高原野菜

会館に書道や絵画写真など掲げてありぬ文化祭今日

盆栽もお化粧をして並べられ客足多き中央会館

駅へ行く道にかもしか駆け出せば駆けくらべする若者ありき

道端のアララギの実が赤くなり猿がのぼりて
取り食うという

霜降りて高原野菜一段と味が増しきてわれら
いただく

山畑に高原野菜採り入れに長芋いまは掘り盛
りなり

長芋を友にいただき夕食の熱き御飯にかけて
食べたり

冬長き山の越冬食料に長芋花豆重要なりき

冬の朝

午前五時暖房蒸気入り来たり温もり早きわが
住む個室

カタコトと暖房蒸気入り来たり盲いわれらに
朝を教える

目印の釦まさぐりズボン穿く素直に穿けたと
きは嬉しき

朝五時のラジオニュースは楽しくてスポーツニュースはなおなお楽し

センターに管理棟あり介護員四人泊まりてお世話くださる

朝六時前に部屋部屋まわり来てわれの靴下穿かせくださる

昨夜より雪降り続き庭先の今朝の積雪二十一センチ

センターの雪掻きくれる除雪車の音も何となく重み加わる

文芸発表

正月の文芸募集に折り込みのどどいつもあり
なぞなぞもあり

特選に選びくださる先生の批評もありて楽し
かりけり

正月の二日に文芸発表を皆が固唾を呑みて聞
きおり

療養の山の出湯に恵まれて長寿を保つ盲いの
われも
家族らに会うこと難く同郷の友との交わり深
めゆかんとす
痩せ痩せしわれの体に肉五キロ上げたくなる
と背を流しくださる
病み老いし盲いわれらも正月を無事に迎える
全療協ありて
コンピューターの研究進む今の世に人工目玉
出来る夢もつ

〈解説〉　田中美佐雄さんの短歌

田中美佐雄さんは高原短歌会では最高年齢の今年九十三歳である。そして重度の障害者であることは、短歌作品によっても示されている。

患者らの障害度示すと表札に赤青黄の紙貼りてあり
赤き紙我が表札に貼りてあり重度障害のしるしなりけり
長病みにひろがる麻痺に口許の力も失せて飯を食みこぼす
ラジオのダイヤル回す麻痺の手に口の力もて補いとする

など、ラジオを聴くにも手が不自由で口で探っているのである。二十八歳の時に失明したことは、二〇〇一年の作品の中で、

夢に見た二千一年初日の出九十二歳を無事に迎えて
分身のごとき白杖頼りつつ六十四年音の世に生く

からも察せられる。「無事に迎えて」と自ら祝福はしているものの、

法に泣き法に怯えた過去ありて心の大きい傷痕思う

と歌われているものであり、「大きい傷痕」をふまえてのことである。そうしたつらい過去を噛みしめるようにして現在の生きている喜びを素直にとらえているのである。

ハンセン病に対して、医学の未熟によってどれだけむごいことを国はしてきたか。国民もまたしかり。ハンセン病の病理解明がすすみ、治療薬も出来、患者はいなくなったにもかかわらず、日本国においては世界の認識より遅れて長い年月元患者を苦しめ続けて来たのである。そうした経過はらい予防法をやっと撤廃したいま、あらためて多くの人々の関心を集めている。法律は撤廃して

も、これまでの蓄積された偏見は帰るべき故郷を失わせているのである。こうした問題を田中さんは「大きい傷痕」としか言っていないが、恐らく、言語に絶する体験を若き日にはさせられて来たことであろうと察せられる。

しかしながら、田中さんの短歌はそうした苦渋は心の底にして、どの作品もおだやかで、平明な心境で、あるがままの素直な表現に徹しているのは注目されることである。日々の生活を楽しみ、周囲の人たちに深い愛情を注ぎ、自然の風物に共感をよせているのである。

八戸の出身という看護婦に海猫の話聞く傷治療受けつつ
傷治療にいつも二人で誘い合えば弥次喜多道中と言う人もあり
キセルもて煙草持ちて見えぬ目の我に吸わしめし妻も世になし
食堂に朝茶飲みつつこの朝の気温当てあう盲楽しき

など、当り前のことのように表現して、しみじみとした情感をもたらしている。哀感もありユーモアもある。朝の気温を当てるという歌にしても、一月の草津の高原なのだから零下十度を超すこともあるであろう寒さなのである、それを「盲楽しき」と当り前のようにいっているところに不思議な感じの感動がある。達人の心境といってよい。しかしそれは、長い歳月の苦渋を嚙みしめ努力を重ねた結果のものなのであろう。自然体で、いまあることをよしとする人間的たしかさがあってのことのように思われる。

ハンセン病文学全集の刊行が始まったが、それは、これまでの日本近代文学の視点とは異なった人間の真実をとらえるものとして画期的なものである。その中で、田中美佐雄の短歌はまた格別の味わいのあるものとなっているように思われる。草津高原短歌会の作品を毎月見るようになって十年以上経っているが、田中さんは欠詠のない常連であり、味わい深い作品には親しんで来ている。そうしたつながりから一文つけ加えることになったが、田中さんはこのところ体力の衰え著しく、いまのうちに歌集をまとめたいと意向を寄せられた。意義あることとして大いに推奨する次第である。見事な高齢者の文学としても考えさせられることの多い歌集であることは間違いない。読んで下さった方はぜひハガキででも感想を寄せて欲しい。係の人が読んでくれるとのことである。そ

とでした。私の病気も湯之沢で治療したほうがよいと勧めてくれました。そして旅館を教えてくれたのです。何分お金のかかることですので、家族とよく相談し、そして湯之沢へ治療にゆくことが決まったのです。昭和六年、五月初めのことでした。

旅館へ着き帳場に行くと、長火鉢の前に主人が座っていて、いろいろとお灸の効き目を説明してくれました。旅館の主人も病気で、目が見えない人でした。二階へ通されると、六畳の部屋の真ん中に囲炉裏が切ってあって、鉄瓶がかかっていました。夕方になると女中が小さいお櫃とお膳を運んできました。

この旅館には二人の女中がいて、姉、妹ということです。姉が十八歳、妹が十六歳でした。番頭さんが一人いて、この人も病気で、治療しながらこの旅館に働いているのでした。

湯之沢には六百人ぐらいの患者が、全国から集まっていて、一つの部落をつくっていました。旅館も何件かありました。前の旅館の屋根を見ると、木っ端で葺いてあるので珍しかったです。そして石が乗せてありました。

湯之沢へ来て驚いたことがありました。それは五月初めに桜の花が咲いていているのに、夕方になると雪が降り始めたのです。桜の花がたちまち黒く変色してしまいました。また夜になると、八時と十二時の二回、火の用心の鈴を鳴らしながら町を歩いてくれる人がありました。谷間にある湯之沢は火事が一番恐ろしかったのです。

あくる朝になると、お灸場へ案内されました。米粒ぐらいのお灸を一回に千粒ほど据えるのです。熱くてたまりませんでしたが、少しでも病気をよくしたいため、頑張らなければなりませんでした。今日は顔に千粒のお灸を据え、明日には手に千粒据え、三日目には足に千粒を据えたのです。顔や手足に三十回ずつお灸を据えますので、ひと治療するのに三カ月かかりました。お灸をしたあとは熱を持ちやすいので、温泉で浸さなければならないのです。これがお灸の温泉治療です。頭に手拭いをのせて、手柄杓でお湯を汲んで、頭から何回もかけ流すと、熱が取れたのです。お灸を据えたあとは、顔が黒いので家に帰ることができません。顔の色が褪めるまで三カ月かかります。

そんなときに、ある人が内緒で東京に色さましする病人宿があると教えてくれました。そこでは、ここの旅館の半分の費用で暮らすことができるそうです。

私も早速東京の病人宿へでかけました。病人宿といっても普通の家庭で、一緒に食事をしたり、一緒に寝ることができました。昼間は顔が黒いので家の中にいて、夕方になると映画館へ出かけました。顔の色が少しよくなると、東京の田端から上野まで電車で行き、上野から地下鉄で浅草へ行き、月形龍之介の実演をよく見に行きました。病人宿に三カ月もいると顔色も白くなってきたので、八カ月ぶりに故郷の家に帰りました。

家に帰って農業の手伝いをしている昭和十一年に、左の眼が霞んできました。十二年には右の眼が霞んできました。そして十三年には両眼の視力が衰えて、人の顔さえ見ることができなくなりました。もう一度湯之沢へ行き治療をしたいと思いましたが、眼が見えなければ汽車にも乗ることができないので、湯之沢の旅館へ手紙を出して、旅館の人に私の家まで迎えに来るよう頼みました。旅館の人が家まで来て下さって、汽車にも無事乗れて、七年ぶりに湯之沢の土を踏むことができました。しかし、眼が不自由なので元の湯之沢を見ることはできませんでした。

イギリスの宣教師であるコンウォール・リー先生が、バルバナ病院を開いていましたので、その病院の鶴田先生に私は眼を診てもらいました。しかし一度患った眼はよくなりませんでした。眼が悪くては故郷へ帰れず、昭和十三年十一月に楽泉園へ入園しました。三十歳のときです。

その当時、楽泉園は日本でただ一つの自由療養所でした。自分で家を建てて生活ができたのです。私も空家があったので、その家に住むことになりました。六畳と三畳の二間があって、独立家屋でした。一人で生活できないので、看護人を頼むことにしました。その家に住み慣れたころ、隣の人が散歩に誘ってくれました。その人はひと冬で眼が見えなくなってしまった人でした。初夏の高原はとても爽やかで、盲人の友達ができて喜んだものです。最初は二人でしたが、そのうちに七人の杖の友達ができて、毎日のように近くにある神社へ散歩にでかけました。この神社の杜は小鳥が多くて楽しかったです。でもこうした幸福は長く続きませんでした。

あの痛ましい大平洋戦争が始まり、食糧難となり、大勢の盲人が斃れました。私の杖の仲間も五人までが斃れてしまったのです。私も病床につく日が多くなりました。

昭和二十四、五年になると、プロミンという新薬が出て、命拾いをしました。

昭和三十九年十月、東京オリンピックの年に、私を二十六年間看護してくれていた人が死亡されたので、しかたなく不自由舎に入れてもらいました。不自由舎は十二畳半に盲人三人の共同生活でした。部屋の真ん中に掘り炬燵がありました。不自由舎の冬はとても寒く、両耳が霜焼けになり困ったこともありました。しかし四十二年頃に蒸気暖房が入ったので、病弱の私には助かりました。

また、不自由舎には短歌や俳句を楽しむ人が大勢いました。私も短歌を作ってみたいと、高原短歌会に入れてもらいました。そのときの短歌会の選者は荒垣外也先生でした。その先生が平成の初めに亡くなられて、現在は水野昌雄先生にお世話になりご指導を受けています。

この度、東京の皓星社と、水野先生のお陰で、第二歌集を出すことになりました。心より嬉しく思っています。

私の生まれは明治四十一年なので、今年の十一月四日に九十四歳を迎えます。

平成十四年九月　　田中美佐雄

ハンセン病叢書 **向日葵通り** 田中美佐雄歌集

発行 2002年10月31日
定価 2,500円＋税

著 者 田中美佐雄
発行人 藤 巻 修 一
発行所 株式会社皓星社
〒166-0004 東京都杉並区阿佐谷南1-14-5
電話 03-5306-2088 ファックス 03-5306-4125
URL http://www.libro-koseisha.co.jp/
E-mail info@libro-koseisha.co.jp
郵便振替 00130-6-24639

装幀 藤巻亮一
印刷・製本 （株）シナノ

ISBN4-7744-0325-3 C0095